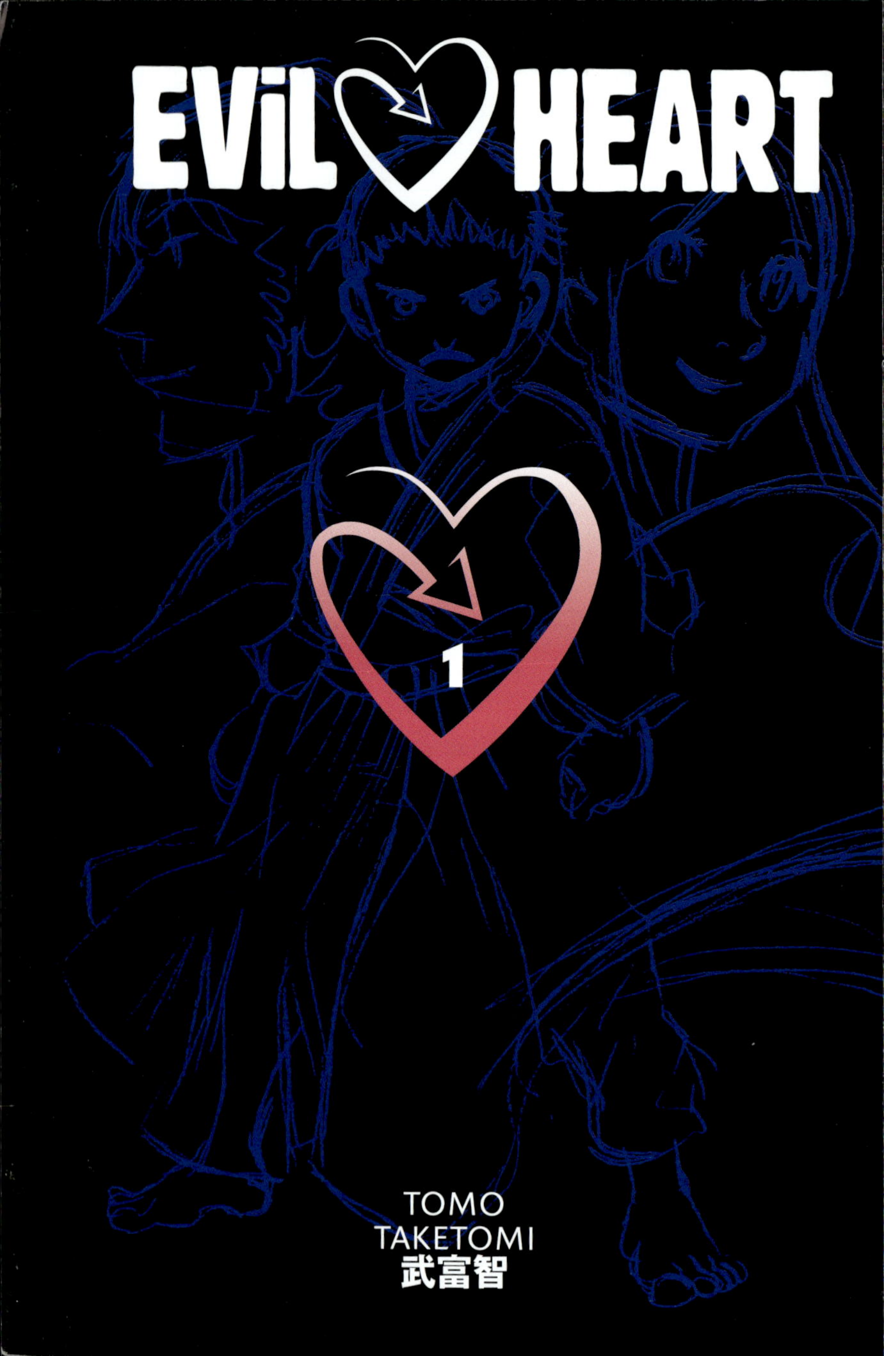
EViL HEART
1
TOMO
TAKETOMI
武富智

S O M M A I R E

Chapitre 1 – Ume 3
Chapitre 2 – Les possibilités d'Ume 51
Chapitre 3 – La voie d'Ume 93
Chapitre 4 – Ume et le collège 123
Chapitre 5 – Le passé d'Ume 145
Chapitre 6 – L'avenir d'Ume 167

CHAPITRE 1 – UME

CHAPITRE 1 – UME

EVIL ♡ HEART

ZAT
PFF... AÏE...
SHUU
TAP
ZOON
SHAT
...
?
DOM
BAM
SHAT
QUEL EST CE BRUIT ?
LE GYMNASE... LA CÉRÉMONIE VIENT À PEINE DE S'Y TERMINER...
DOM DOM
CROOO
SHUU
... ET IL Y A DÉJÀ UN ENTRAÎNEMENT ?
DOPAN

VLAM
BAM
...
QU'EST-CE QUE C'EST ?
QU'EST-CE QU'ILS FONT ?!
TAP

C'EST LE CLUB DE QUOI...?
...
NON... CE N'EST PAS UN CLUB SCOLAIRE.
IL Y A PLEIN D'ADULTES.
にょき, SMILE
!
IL Y A MÊME UN ÉTRANGER...!
IL EST GRAND !
EN PLUS, IL VA SE BATTRE AVEC UNE FILLE ?
CETTE DIFFÉRENCE DE TAILLE, CE N'EST PAS LOYAL.
...
?
À QUOI ILS JOUENT ?

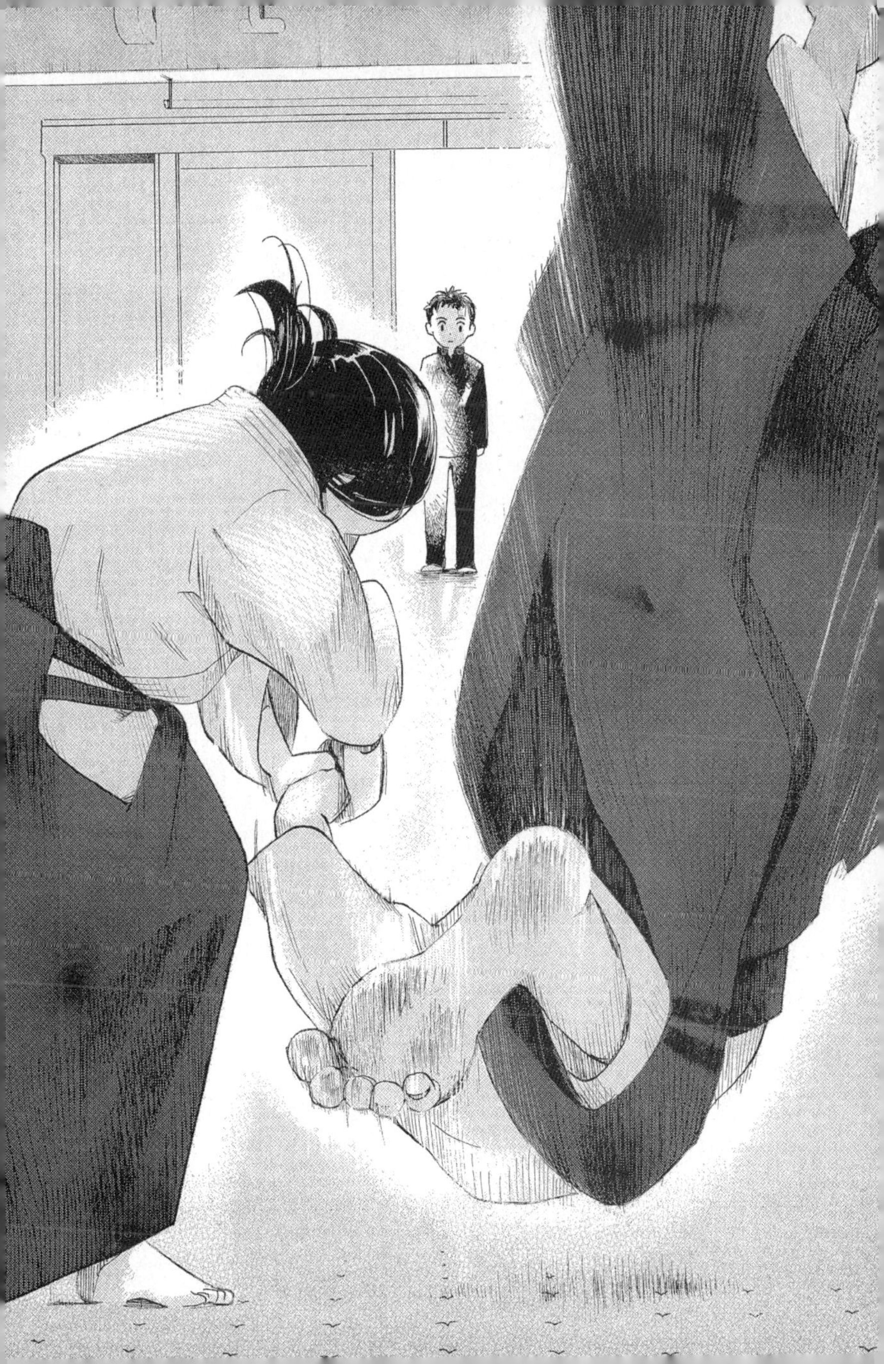

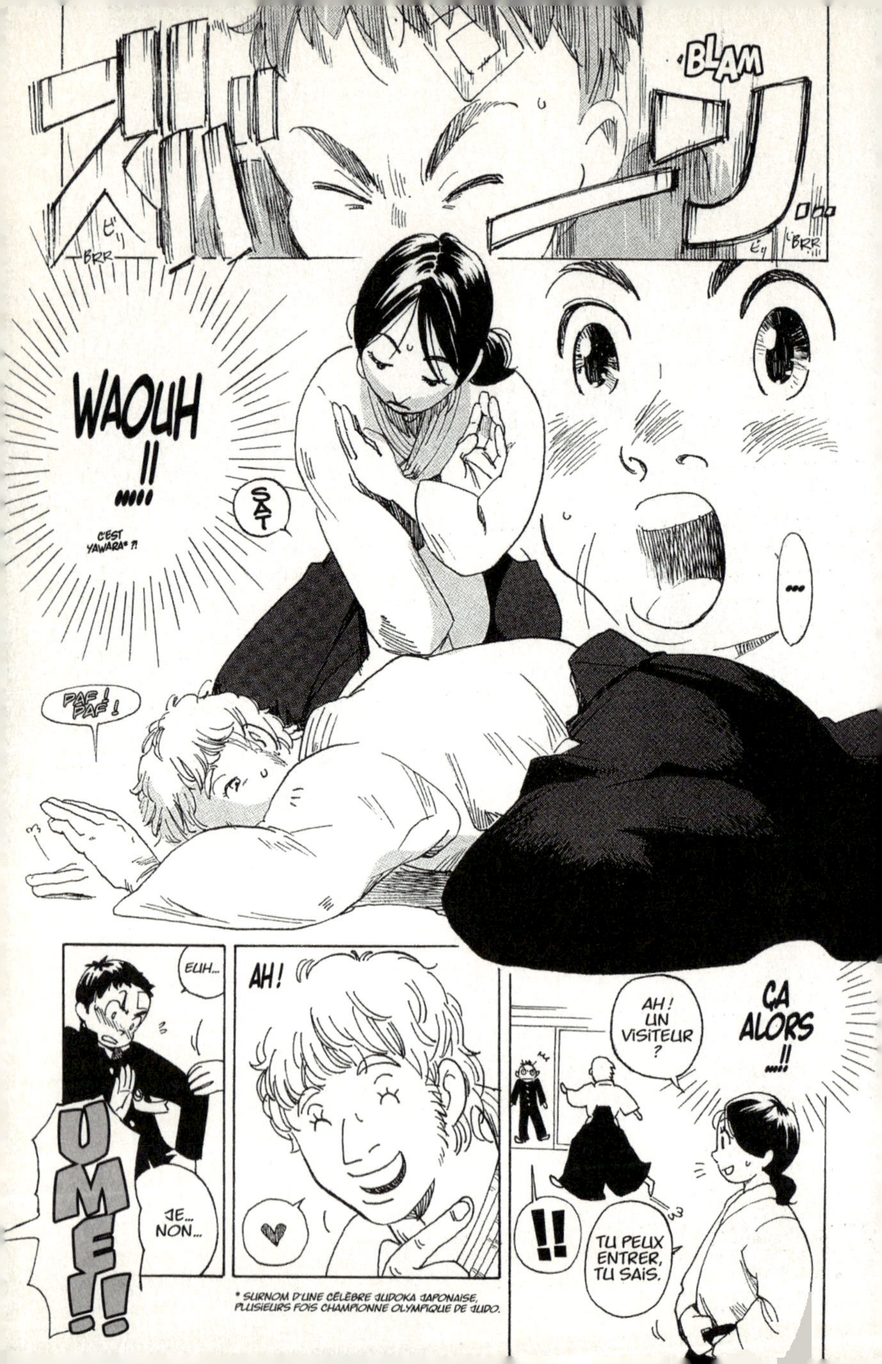

* SURNOM D'UNE CÉLÈBRE JUDOKA JAPONAISE, PLUSIEURS FOIS CHAMPIONNE OLYMPIQUE DE JUDO.

CETTE VOIX...
AH...
RE-GARDEZ CETTE LYCÉEN-NE...
PAS MAL...
CAR-RÉMENT MIGNONNE, OUI !
MAIS C'EST MACHIKO MASAKI !?
QUOI ? OÙ ÇA ?
UME !!
TAP
TE VOILÀ !!!
UMEO MASAKI !!
GLOUPS
ZUT... MA SOEUR !!
BON...
SALUT !!
FIUT

UME, TOI, VRAIMENT...
DÈS LE PREMIER JOUR, DÉJÀ IMPLIQUÉ DANS UNE BAGARRE...
SALLE DES PROFESSEURS
JE VOUS PRÉSENTE MES SINCÈRES EXCUSES !!
RETENU
ÇA ALORS...
C'ÉTAIT LE JEUNE FRÈRE DE NOTRE MACHIKO...
LE PETIT NOUVEAU QUI A FICHU EN L'AIR LA CÉRÉMONIE DE RENTRÉE !
ILS ONT ÉTÉ CONVOQUÉS PAR LA DIRECTRICE.
DOM
DOM
ÇA VA BARDER...
SLAT
GLOUPS

SMILE
HI HI !
MACHIKO MASAKI ! TE VOILÀ ! COMMENT VAS-TU ?!
ET LE PETIT FRÈRE ! BIENVENUE À L'ÉCOLE !
OH ! VOUS VOUS RESSEMBLEZ QUAND MÊME !
LA MÊME SENSATION AGRÉABLE AU TOUCHER...
ÇA VA BIEN... PROFESSEUR KAWADA, VOUS AUSSI, ÇA A L'AIR D'ALLER...
OUI !
ET LE LYCÉE ? ÇA SE PASSE BIEN ?
QUELQUES HEURES PLUS TÔT...
CÉRÉMONIE DE RENTRÉE DES CLASSES
C'ÉTAIT UNE CÉRÉMONIE DE RENTRÉE BIEN AGITÉE, N'EST-CE PAS ?
UNE BAGARRE ENTRE LES NOUVEAUX ÉLÈVES ET LES ANCIENS, QUI ÉCLATE SOUS LES YEUX DE NOS INVITÉS...

UMEO QUI TIENT TÊTE AU REGARD HOSTILE DES AÎNÉS, ET LES VOILÀ QUI SE JETTENT SUR LUI.
ON PEUT DIRE QU'IL NE SE LAISSE PAS FAIRE, HEIN ?
ON A EU UN MAL FOU À LUI FAIRE LÂCHER LE BRAS DU GARÇON QU'IL ÉTAIT EN TRAIN DE MORDRE !
AH !
IL... IL L'A MORDU ?!
HEIN ?
BON, BEN, SALUT !!
!!
EH ! OÙ VAS-TU ?! ON N'A PAS TERMINÉ !!
IMBÉCILE !
CE N'EST PAS GRAVE, LAISSE.
LES AUTRES PROFESSEURS L'ONT BIEN ASSEZ REMARQUÉ COMME ÇA.
ET PUIS, CE SONT LES GRANDS QUI L'ONT PROVOQUÉ.
IL Y A EU UN GROS ACCROCHAGE, MAIS CE N'EST PAS BIEN MÉCHANT.
...
PFF...
CEPENDANT...

... LE REGARD QU'IL AVAIT À CE MOMENT-LÀ M'INQUIÈTE UN PEU.
EH... C'EST LE GARÇON QUI A MIS LA PANIQUE TOUT À L'HEURE...
MON FRÈRE...
PFF...
UME... DANS CE GENRE DE CAS...
... IL PERD TOTALEMENT LE CONTRÔLE DE LUI-MÊME.

À L'ÉCOLE PRIMAIRE, IL S'EST SOUVENT BAGARRÉ ET A BLESSÉ PLUSIEURS DE SES CAMARADES.
MAIS VOUS SAVEZ...
... EN TEMPS NORMAL, C'EST UN PETIT GARÇON PEUREUX ET PLEURNICHARD...
... QUELQU'UN DE TRÈS, TRÈS GENTIL... ALORS...
TU NE DOIS PAS HÉSITER.
S'IL Y A QUOI QUE CE SOIT, TU PEUX VENIR M'EN PARLER SANS CRAINTE.
ET MÊME SI TOUT VA BIEN, PASSE JUSTE POUR DIRE BONJOUR.
D'AC-CORD ?
OUI, PROFESSEUR...

ELLE S'OCCUPE BIEN DE SON PETIT FRÈRE. ELLE EST VENUE LE CHERCHER À LA PLACE DE LEUR MÈRE ?
...
NON.
C'EST UNE SITUATION DE FAMILLE PARTICULIÈRE. ILS VIVENT TOUS LES DEUX AVEC L'ARGENT QUE LEUR ENVOIE LEUR PÈRE.
COMMENT ?
SEULEMENT TOUS LES DEUX ?!
J'AI CRU COMPRENDRE QUE DES MEMBRES DE LA FAMILLE VENAIENT RÉGULIÈREMENT VOIR SI TOUT SE PASSE BIEN, MAIS...
... ILS SONT COURAGEUX ET SE DÉBROUILLENT BIEN.
OUI...
VRAIMENT...

TU AS ENCORE REMIS ÇA, HEIN ?
...
PAF
IL FAUT TOUJOURS QUE TU VIENNES DANS MON ÉCOLE !
LA PROCHAINE FOIS, JE TE PRÉVIENS, J'ABANDONNE LES COURS !

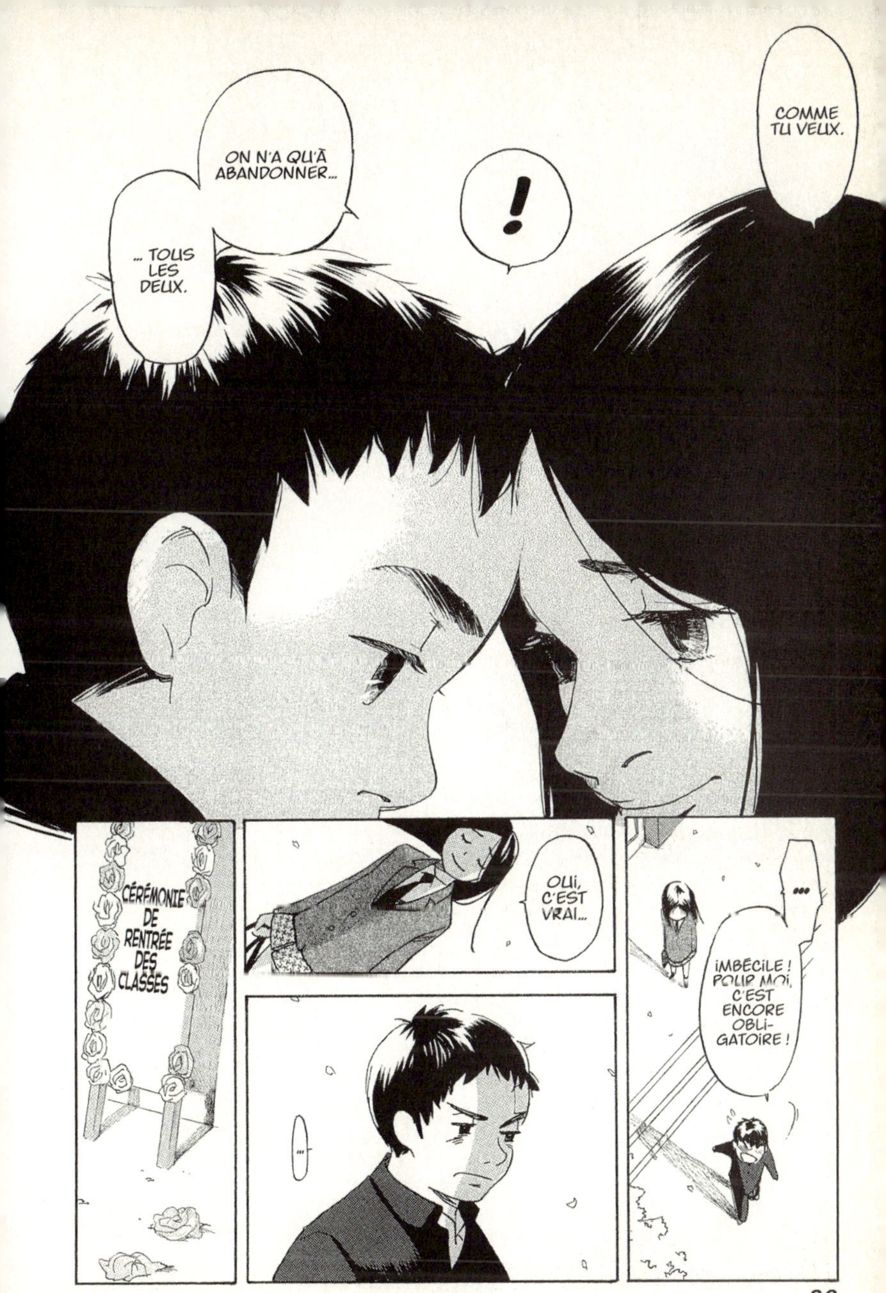
ON N'A QU'À ABANDONNER...
... TOUS LES DEUX.
!
COMME TU VEUX.
...
IMBÉCILE ! POUR MOI, C'EST ENCORE OBLIGATOIRE !
OUI, C'EST VRAI...
...
CÉRÉMONIE DE RENTRÉE DES CLASSES

Lonly Mart
AH !
MACHIKO !
!
SHICHAN ! YOSUKO !
SALUT !
ALORS ?
DES COURSES AVEC TON FRÈRE ?
AU FAIT !!
TU AS DES PROJETS POUR LE WEEK-END ?
ON A PRÉVU D'ALLER SE BALADER AVEC DES COPAINS. TU VIENS ?
AH... NON, DÉSOLÉE... J'AI PLEIN DE TRUCS À FAIRE À LA MAISON...
ET SI TU NOUS REJOIGNAIS LE SOIR ?
NON... JE NE PEUX PAS SORTIR LE SOIR EN LAISSANT MON FRÈRE TOUT SEUL.

BON...
UNE PROCHAINE FOIS ALORS ! ON TE RÉINVITERA, PROMIS.
MERCI.
BYE !
ALLEZ, ON CONTINUE LES COURSES.
J'EN AI MARRE DE LA BOUFFE DES SUPÉRETTES !
PFF...
...
DANS CE CAS, AUJOURD'HUI, POUR FÊTER TA RENTRÉE, ON POURRAIT COMMANDER DES...
C'EST BON, ARRÊTE.
FAIS CE QUE TU AS À FAIRE POUR TOI.
JE SUIS ASSEZ GRAND POUR M'OCCUPER DE MOI !

MAIS QU'EST-CE QUI TE PREND SOUDAIN ?
CE N'EST PAS "SOUDAIN". JE SUIS ENTRÉ AU COLLÈGE AUJOURD'HUI, ALORS...
GRR
!
EN-FIN...
... POURQUOI DIS-TU CELA ?
ALLEZ ! JE VAIS T'ACHETER UN GÂTEAU, ALORS SOIS SAGE MAIN-TENANT !
TAC
PAF
JE T'AI DIT DE ME FICHE LA PAIX !!!
!!
J'EN AI MARRE QUE TU JOUES LES PROTECTRICES AVEC MOI !!
ET J'EN AI MARRE QUE TU VIENNES À MON ÉCOLE !!
JE N'IRAIS PAS SI TU TE TENAIS BIEN, FIGURE-TOI !!
AH OUI ? TU PEUX COMPTER SUR MOI ! JE NE CRÉERAI PLUS DE PROBLÈMES !!!
MAIS... ENFIN...

... JE FAIS ÇA PAR PLAISIR...?
TU...
TU CROIS QUE...
...!
...
FAIS CE QUE TU VEUX, APRÈS TOUT !!
TU N'ES QU'UN IMBÉCILE, UME !
JE DOIS ÊTRE FORT.

JE NE DOIS PAS ÊTRE UN POIDS POUR MA SŒUR.
C'EST POURTANT CE QUE JE M'ÉTAIS DIT, MAIS...
SHAA
IL A ENCORE FALLU QUE JE LA FASSE PLEURER...
TAP TAP
TAP
カタン
TAP
カタン
TAP
カタン...

JE NE T'AI PAS ENCORE REMERCIÉ POUR LA JOLIE MARQUE QUE TU M'AS LAISSÉE SUR LE BRAS...
LE NOUVEAU...
...
JE VIENS JUSTE DE PROMETTRE QUE JE NE CAUSERAI PLUS D'ENNUIS.
ALORS, LAISSEZ-MOI PASSER.
PARCE QUE TU TE CROIS EN POSITION DE POUVOIR DEMANDER QUELQUE CHOSE ?
...
SLAM
!!
GORO
GORO GORO
VLAM

HA ! HA ! HA ! HA !
PAF PAF PAF
DES ENNUIS ? QUELS ENNUIS ?
T'INQUIÈTE PAS ! TU VAS EN AVOIR AVEC NOUS, MAIS TU N'EN CAUSERAS PAS !
BAM
MERDE...
BAM
BAM
RETIENS-TOI...
RÉSISTE...
ON NE DIRA RIEN AUX PROFESSEURS NI À TA MÈRE DÉTRAQUÉE QUI EST EN TAULE !!
...
DE QUOI TU PARLES ?
JE LE SAIS. J'ÉTAIS DANS LA MÊME ÉCOLE QUE LUI AVANT.
CHEZ LUI...

SHAT
OUTCH!!
VLAM
!!
TU VAS VOIR ...!!
SHAT

ZAT!
スガッ ZAT
SHUU ぐにゃっ
!?
タッ TAP
ドッ
DOM
SHAT
ズシャア
TAC
バッ
ENFOIRÉS ...!!
BAM
バッ ZAT
バッ ZAT

AAAAAH!
AAAAHH
...
MERDE...!!
CLANG!!
!
LAISSE...!!
TAP
SHAT
TADAN
TADAN
TADAN
TADAN
TADAN
TOI...

TADAN
カタン
TADAN TADAN
カタン カタン…
QUI C'EST, CELUI-LÀ...?!
...
EH ! OH !
EH !!

....!!
SHUU

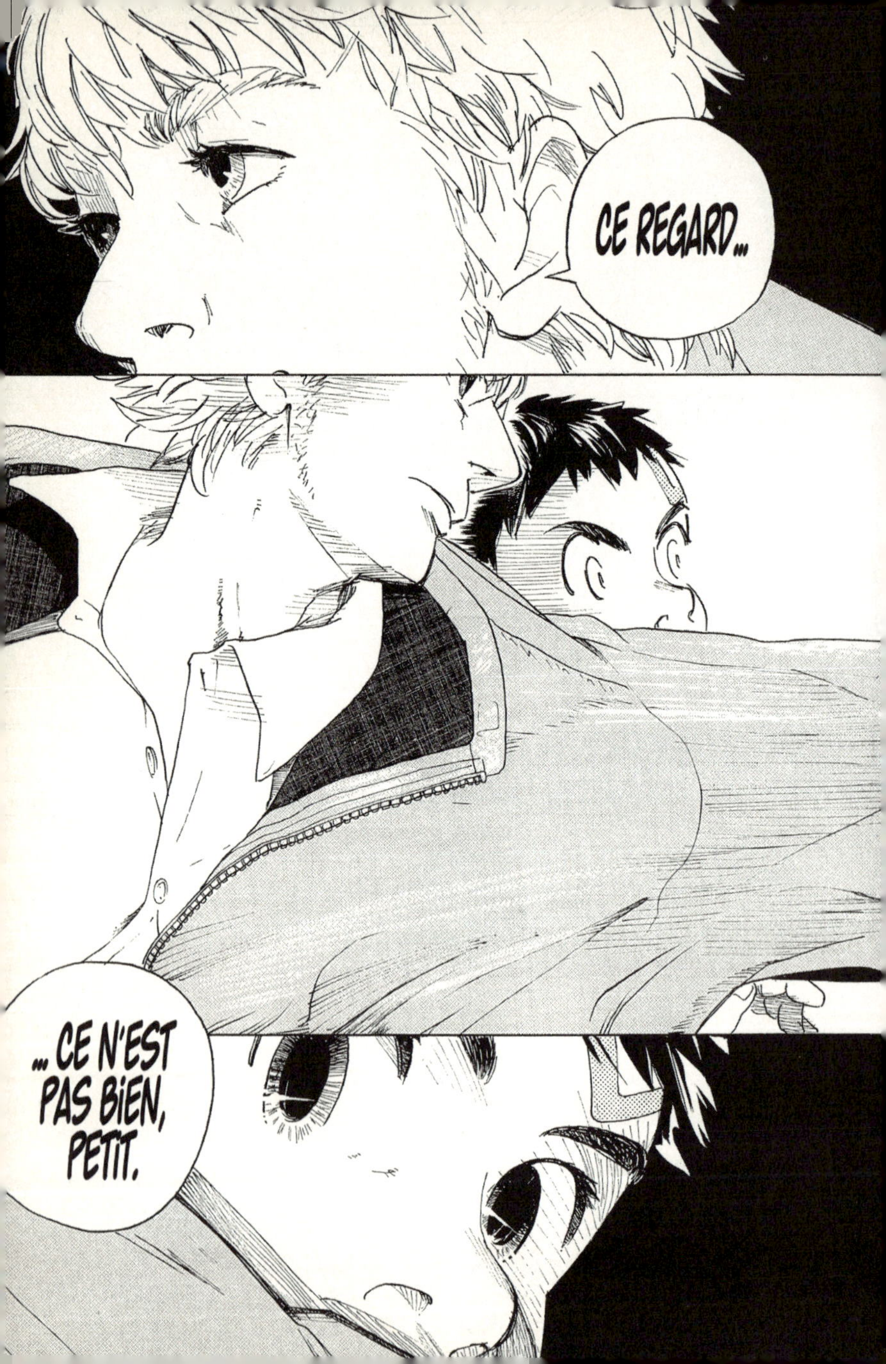
CE REGARD...
... CE N'EST PAS BIEN, PETIT.

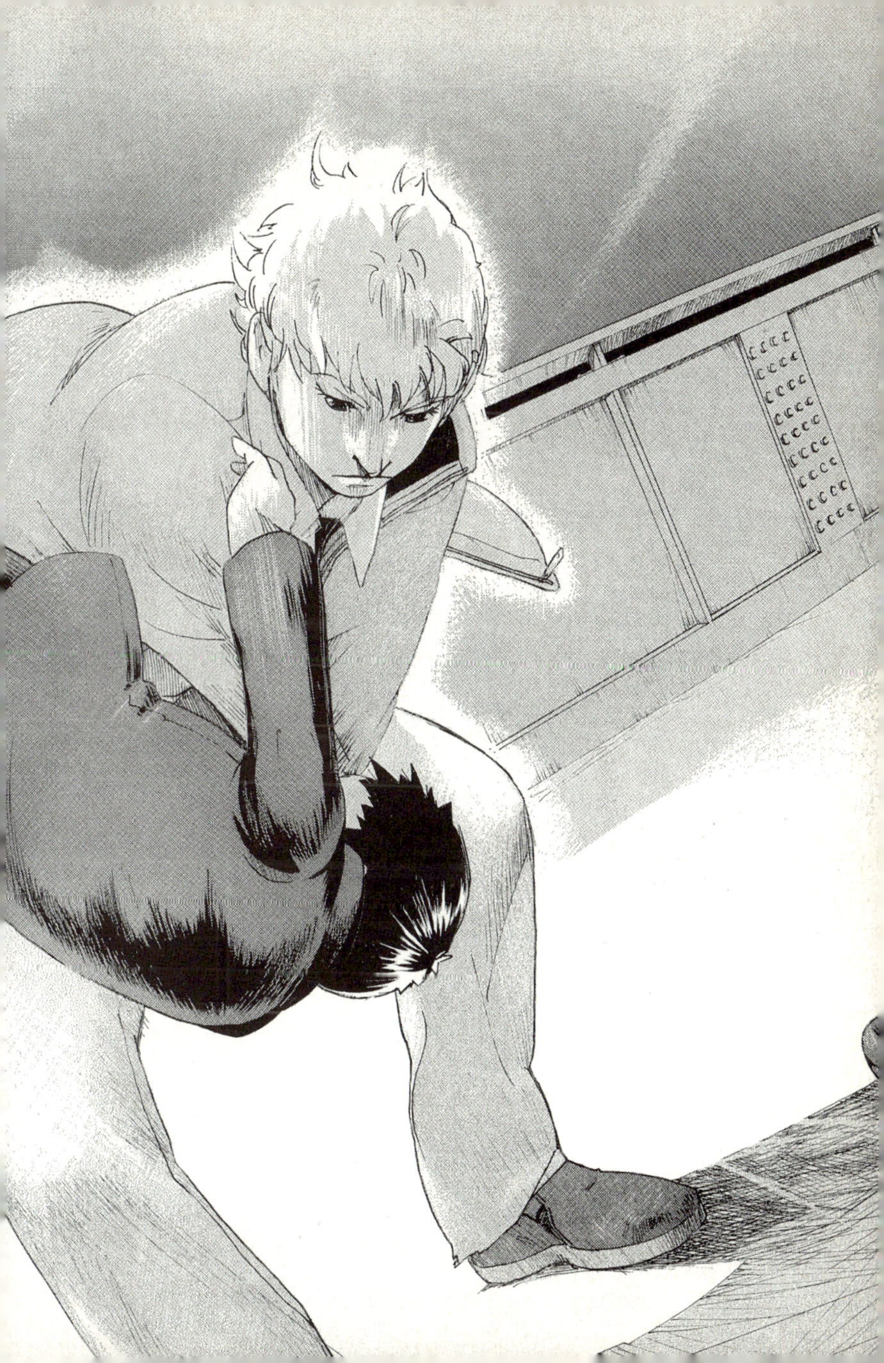

AH...

IL A PARLÉ EN JAPONAIS...
...!
DOM
ドッサ...
カランカラン
TADAN TADAN
PAF
BEN ALORS ?
QUI EST LE GENTIL ET QUI EST LE MÉCHANT ?!

ATTENDEZ !
MAIS ATTENDEZ !!!
S'IL VOUS PLAÎT !
CET APRÈS-MIDI, J'AI VU UNE FILLE VOUS METTRE AU TAPIS !
C'ÉTAIT QUOI ? DU KARATÉ ? DU JIU-JITSU ?!
PARCE QUE MOI, LES ARTS MARTIAUX, J'AIME BIEN ÇA ! ALLEZ, DITES-MOI !
EST-CE QUE JE PEUX LE FAIRE, MOI AUSSI ?
POURQUOI ? POUR TE BATTRE ENCORE, EN FAISANT TA DRÔLE DE TÊTE ?
HEIN ?
...
SI JE NE VEUX PAS ÊTRE FRAPPÉ, JE DOIS TAPER LE PREMIER.
PRENDRE LES DEVANTS ? DANS CE CAS, IL Y A UNE BIEN MEILLEURE TECHNIQUE.
!?
PAS AVEC...
GRRR
クワッ
GRRR
... LA TÊTE QUE TU FAIS, MAIS...
... COMME ÇA !
ニカッ!
HÉ HÉ !

IL FAUT COMMENCER...
... PAR RIRE !
ポカン...
ZOON
EH !
ATTENDS !
ATTENDS ! WAIT, BOY !
JE M'APPELLE DANIEL.
ET TOI ?
EN UTILISANT UNE PRISE, TU PEUX Y ARRIVER AUSSI.
IL SUFFIT QUE TU LA RETIENNES.

MAIS CE N'EST PAS AVEC UNE PRISE QUE TU TROUVERAS LA SOLUTION, TU SAIS.
LA SOLUTION ?
QUAND JE SUIS ARRIVÉ AU JAPON, MOI AUSSI, JE FAISAIS TOUJOURS UNE SALE TÊTE, JE N'ÉTAIS PAS FRÉQUENTABLE...
MAIS ON M'A APPRIS QUE CE N'ÉTAIT PAS LA BONNE VOIE.
OUI... L'AÏKIDO M'A APPRIS ÇA...!
...
L'AÏKIDO...

"MIZUGOKORO AREBA UOGOKORO"...
UME...
C'EST UN PROVERBE... AMIS OU ENNEMIS, C'EST NOUS-MÊMES QUI LES CRÉONS.
C'EST BEAU, N'EST-CE PAS ?
C'EST ÇA, LES ARTS MARTIAUX DE TON PAYS.

REGARDE ! COMME ÇA !
REGAR-DE !
SMILE!
BEUH
ブ…
LÀ !
TU VOIS !
COMME ÇA !
PAR ICI !
UME !
PFIUU
EH !
OOOH !!
!!
CE N'EST PAS CE QUE TU CROIS ! JE N'AI PAS RI...
ET ARRÊTE DE M'IMITER !
BEUH ♡ !!
JE...
JE ME SUIS RELÂCHÉ !!

DAM
PAREIL POUR TOUT À L'HEURE !
SHAT
TU M'AS MIS AU SOL PARCE QUE JE ME SUIS RELÂCHÉ !!
IL EST BIZARRE, CET ÉTRANGER ...!
JE N'AI PAS BIEN COMPRIS TOUT CE QU'IL M'A DIT, MAIS...
... MAINTENANT JE SAIS DE QUOI IL S'AGIT : L'AÏKIDO.

BONSOIR, KORO...
OUAF ワン
OUAF ワン
OUAF ワン
...
HAA HAA
ハヒヘ ハヒヘ
FIOT プイ
...
CLAC パターン
IL FAUT RIRE !
...
ET POURQUOI ?

CLAC
EUH...
VLAM
VLAM
OUAF
OUAF
OUAF
OUAF
OUAF
OUAF
HÉ! HÉ!
MON PROCHAIN JOUR DE CONGÉ, JE SORS AVEC DES AMIS.
TU PEUX TE CHARGER DE FAIRE LE MÉNAGE !!
MAINTENANT, TU ES GRAND, TU ES AU COLLÈGE, N'EST-CE PAS ?

PFF...
C'EST CHIANT !
PFF !
QU'EST-CE QUE TU AS DIT ?!
CLAC
!!
AAAAAH !
PLOUF
PLOUF
PLOUF
ALORS ? TU N'AS PAS HONTE ?!
HA ! HA ! HA ! HA !
À TON ÂGE !
C'EST PLUTÔT À MOI DE TE DIRE ÇA !!
CRÉTINE !!!
PLOUF
PLOUF
PLOUF
PLOUF

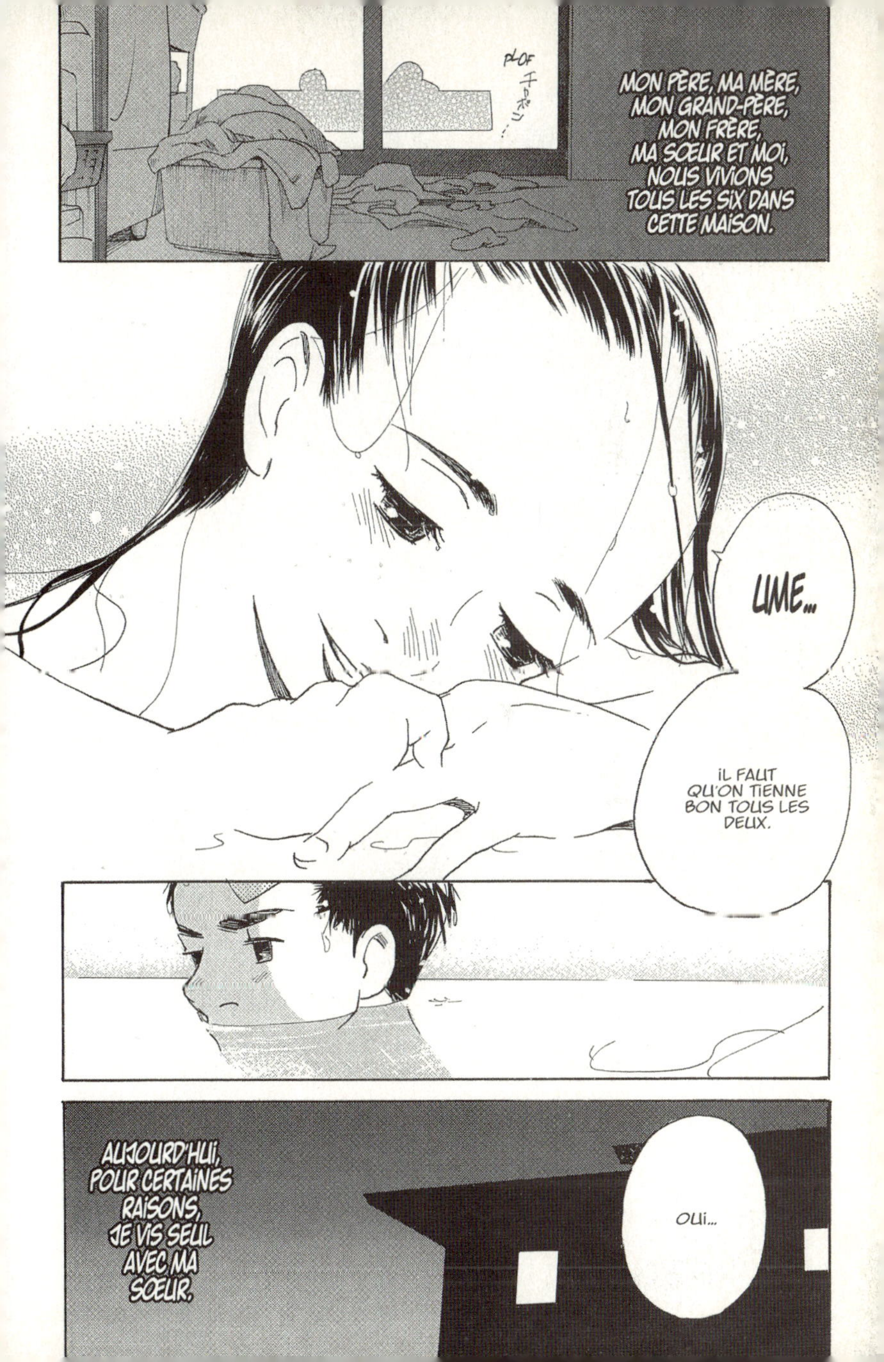

PLOF
チャポン…
MON PÈRE, MA MÈRE, MON GRAND-PÈRE, MON FRÈRE, MA SOEUR ET MOI, NOUS VIVIONS TOUS LES SIX DANS CETTE MAISON.
UME...
IL FAUT QU'ON TIENNE BON TOUS LES DEUX.
OUI...
AUJOURD'HUI, POUR CERTAINES RAISONS, JE VIS SEUL AVEC MA SOEUR.

BOBO
YAAAAH!!
SHAT
ビュン!
BOBO
VS
KAN
TIC TIC
TIC
バシュ
PAF
POUF
ポ
フ

JE N'AI PAS EU MAL.
...
HUM.
POUF
C'ÉTAIT UNE PRISE BIZARRE.
AUJOURD'HUI, JE SUIS ENTRÉ AU COLLÈGE.
JE RETOURNERAI VOIR...
... CET AÏKIDO !
AMIS OU ENNEMIS, C'EST NOUS-MÊMES QUI LES CRÉONS.

C'EST BEAU, N'EST-CE PAS ?
C'EST ÇA, LES ARTS MARTIAUX DE TON PAYS.

EVIL ♡ HEART

CHAPITRE 2 – LES POSSIBILITÉS D'UME

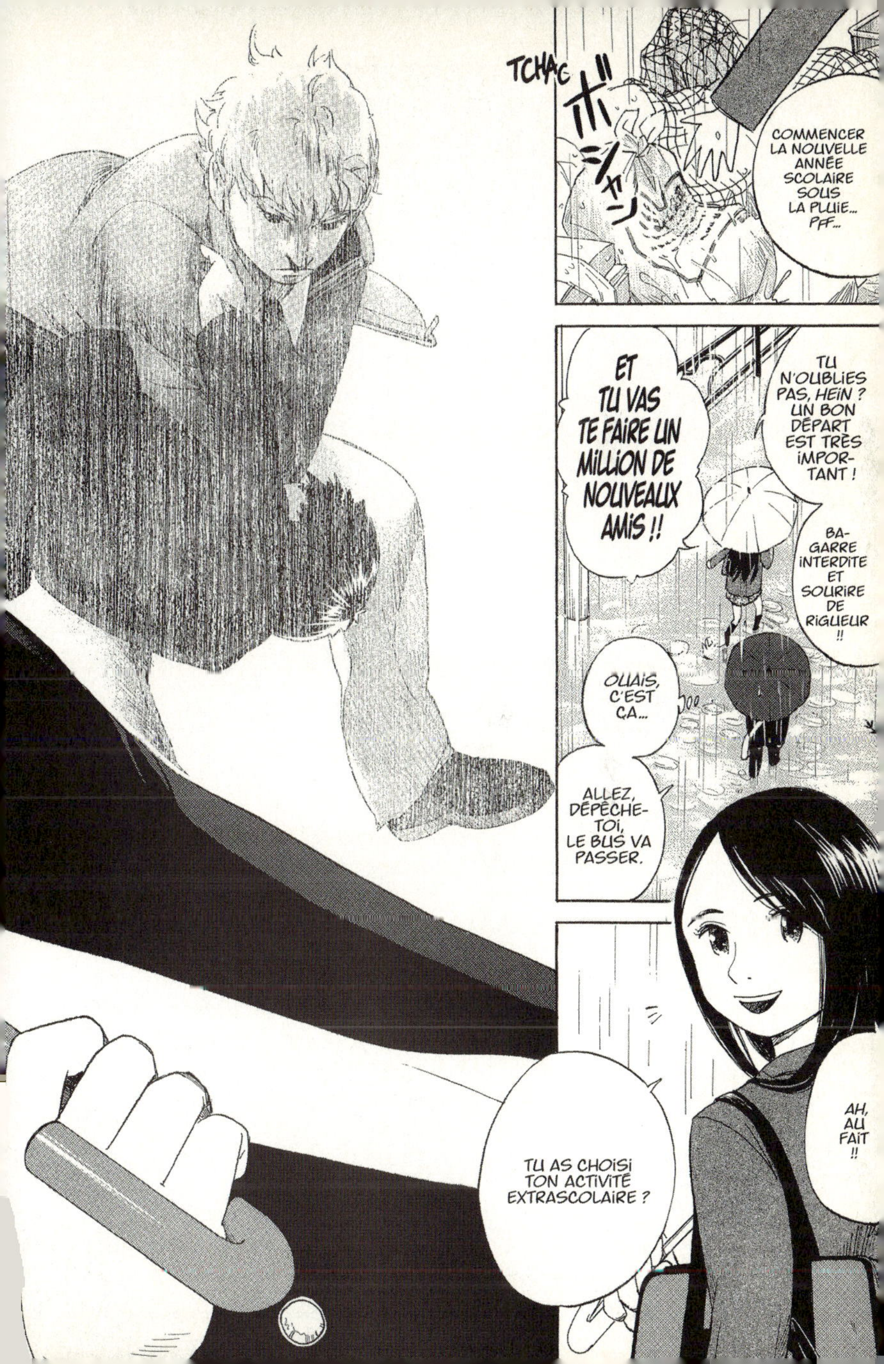
COMMENCER LA NOUVELLE ANNÉE SCOLAIRE SOUS LA PLUIE... PFF...
TCHAC
TU N'OUBLIES PAS, HEIN ? UN BON DÉPART EST TRÈS IMPORTANT !
BAGARRE INTERDITE ET SOURIRE DE RIGUEUR !!
ET TU VAS TE FAIRE UN MILLION DE NOUVEAUX AMIS !!
OUAIS, C'EST ÇA...
ALLEZ, DÉPÊCHE-TOI, LE BUS VA PASSER.
AH, AU FAIT !!
TU AS CHOISI TON ACTIVITÉ EXTRASCOLAIRE ?

CHAPITRE 2
LES POSSIBILITÉS D'UME
JUSTEMENT, J'AI DÉCOUVERT "ÇA" HIER.
ZAAAAA
PFF ! BEN NON !

COLLÈGE DE MOMOZONO 1ER SEMESTRE
LES FLEURS DES CERISIERS VONT FANER...
OUI...
LE VOILÀ. C'EST LUI, HEIN ?
CELUI QUI S'EST DISPUTÉ AVEC DES GRANDS PENDANT LA CÉRÉMONIE DE RENTRÉE !

SHLAT
IL ÉTAIT SI PETIT QUE ÇA ?
HEIN ? QUI ? QUI ?
...
OUI, PAS DE DOUTE ! IL A DES PANSEMENTS SUR LE VISAGE.
VAS-Y ! VA LUI PARLER !
MOI ? VAS-Y, TOI !
SHUU
...
EUH...
...
HI!
HI! HI!
LA CLASSE DES PREMIÈRE ANNÉE, C'EST LÀ-BAS.

PFFFF
CENT MILLIONS D'AMIS...
OUAIS, C'EST ÇA...
BONJOUR!!
CHEF DE CLASSE
!
BONJOUR!!
B'JOUR...
EUH...
BON-JOUR.
TOUT LE MONDE PORTE L'UNIFORME...
RIEN DE PLUS NORMAL, MAIS BON...
PSHUU
PSHUU
CRIII

DE L'AIR FRAIS, DES NOUVELLES TÊTES, JE ME SENS BIEN...
...
LE CLUB D'AÏKIDO...
...?
1-A
CLAC
ガラ
DÉSORMAIS, JE SUIS AU COLLÈGE...!

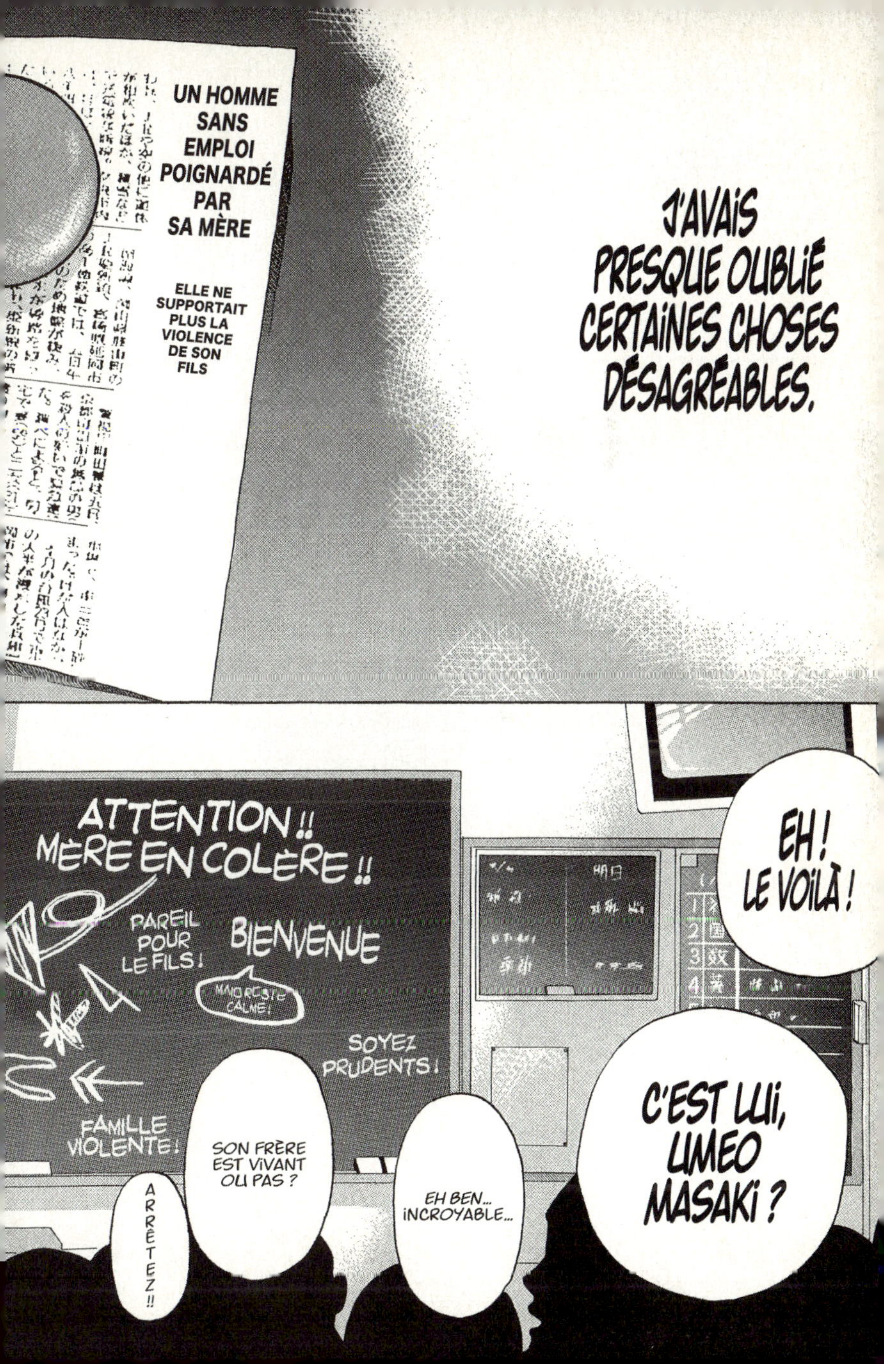

UN HOMME SANS EMPLOI POIGNARDÉ PAR SA MÈRE
ELLE NE SUPPORTAIT PLUS LA VIOLENCE DE SON FILS
J'AVAIS PRESQUE OUBLIÉ CERTAINES CHOSES DÉSAGRÉABLES.
EH ! LE VOILÀ !
C'EST LUI, UMEO MASAKI ?
EH BEN... INCROYABLE...
SON FRÈRE EST VIVANT OU PAS ?
ARRÊTEZ !!
ATTENTION !! MÈRE EN COLÈRE !!
PAREIL POUR LE FILS !
BIENVENUE
SOYEZ PRUDENTS !
FAMILLE VIOLENTE !

エスカレートする家庭内
DANGER
LE PAUVRE
DOMMAGE, C'EST NOTRE CAMARADE DE CLASSE !!!
UEMO MASAKI
ET SON PÈRE ?
MAINTENANT, IL VIT SEUL AVEC SA SOEUR.
OUI, JE SAIS.
QUOI ? QU'Y A-T-IL D'ÉCRIT SUR LE JOURNAL ?!

SA MÈRE NE SUPPORTAIT PLUS LA VIOLENCE DE SON FILS À LA MAISON ET ELLE L'A POIGNARDÉ. ELLE A ÉTÉ CONDAMNÉE POUR ÇA.
VITE ! APPELONS UN PROFES-SEUR !
ON S'EST PERMIS DE TE PRÉSENTER À TA CLASSE !
ATTENDEZ... DERRIÈRE, LÀ, C'EST LE GRAND QUI S'EST BATTU AVEC MASAKI À LA CÉRÉMONIE...
ZAT

QUOI ? UNE BAGARRE ?
ÇA, C'EST ENCORE iSHIZEKi ET SA BANDE, HEiN ?
iLS SONT PLUSIEURS CONTRE UN.
ET QUI EST-CE ?
DOOOO
NON ?! ENCORE CE GARÇON DE PREMIÈRE ANNÉE ?!
PLASH
AAAAAH !
ZAT
PAF
FIUU
!!
BOM

PLASH
HAA... HAA...
HAA...
...
!
SHAT...
EH, TOI...
DEPUIS HIER, TU ME REGARDES...
VOOOM
... AVEC CES YEUX-LÀ !!!
DAM

TOI...

BAM
...
PLASH
...
ZAAA
PLASH
SHAT

ALLEZ ! RETOURNEZ DANS VOS CLASSES !
PROFESSEUR DANIEL !
ENCORE TOI ?
...
!

ZAAAAAT

UME …?
AAAAAAH !!
AAAH !!
ISHIZEKI, ÇA SUFFIT !
!
LE PROFESSEUR LES A SÉPARÉS.
C'EST FINI ?
TU DIS QUE ISHIZEKI ÉTAIT EN TRAIN DE PERDRE…?

CE PREMIÈRE ANNÉE... IL EST INCROYABLE...
UMEO, VIENS TE METTRE À L'ABRI DANS LE BÂTIMENT.
?
UMEO ?
UMEO ?
ZAAAA
PLASH PLASH
BEN ALORS, MASAKI ?!
ALLEZ, RETOURNE EN CLASSE !
TU VAS ENCORE EMBÊTER TOUT LE MONDE LONGTEMPS ?!
JE NE SAIS PAS, IL EST BIZARRE...
EH ! MASAKI !!!
TAC
TAC
EH !!
PARDON, UME...
JE T'AI FAIT MAL ?

ZOON
!?

PLASH
ドッ
バッ
ギャ
PSHUU
ン
オ
...!!
JE N'AI PAS EU MAL...
...DU TOUT!!

ZAT
SALLE DES PROFESSEURS
iL PARAîT QUE iSHIZEKi ET SA BANDE AVAiENT COLLÉ ÇA SUR LE TABLEAU DE LA CLASSE.
AH... NON, PAS ÇA...
QUE CE SOiT LORS DE LA CÉRÉMONiE OU AUJOURD'HUi...
... CE SONT ENCORE LES GROUPES DE GRANDS QUi PROVOQUENT...
PEU iMPORTENT LES RAiSONS ! MOi, JE VOUS DiS QU'iL FAUT GARDER CE PETiT NOUVEAU À L'OEiL !!
VOUS AVEZ VU LE ViSAGE DU GARÇON DE DEUXIÈME ANNÉE QU'iL A FRAPPÉ ?!
CRUSH
OUi... C'EST VRAi QU'iL A DE BELLES MARQUES.
MAiS LE PLUS EMBÊTANT, CE SONT LES MARQUES QUE L'ON NE VOiT PAS !
LES BLESSURES DU COEUR !
PRÉSERVER ET PROTÉGER LA ViE PRiVÉE DE MASAKi, CELA RELÈVE DE NOTRE RESPONSABiLiTÉ À NOUS !
NOUS DEVONS PROTÉGER CET ENFANT !
INFIRMERIE
TAP TAP TAP

MERDE...
JE ME SUIS ENCORE FAIT BATTRE !
SAT
PAR CET ÉTRANGER... CE "DANIEL"...
SAT
ZAT
PAR L'AÏKIDOKA...!
My name is Dani
わたしの 名前は ダニエル
ÇA VA ?
BROUHAHA
OUI.
EN PLUS, C'EST UN PROF DE MON COLLÈGE...?

...
...
TAC
MACHIKO... JE SENS QUE J'AURAI PLUS RAPIDEMENT UN MILLION D'ENNEMIS QUE D'AMIS...
SHUUU
LE PRIMAIRE, LE COLLÈGE, C'EST LA MÊME CHOSE...
...
TU VOIS, EN FAIT...
OUI, C'EST DANS LE SANG, ÇA...
PFF !
TADAN
!
BEN QUOI ?
TAC
MAIS... ARRÊTEZ !
...
...
TAC

OK ! BREAK !
REGARDEZ...
... VOTRE CAMARADE PLEURNICHARD QUI RÉUSSIT À SE FAIRE PASSER POUR UN VOYOU !
!!
QUOI ?!
SI JAMAIS L'UN DE VOUS ARRIVE À LE FAIRE RIRE...
... NOUS TERMINERONS LE COURS EN TEMPS LIBRE.
!
PETITE PARENTHÈSE : MOI, J'AI RÉUSSI À LE FAIRE SOURIRE.
HE HE !
...
HEIN...?
TAM
...
ALORS ?!
PLOC
CE N'EST PAS À VOUS DE RIRE !!
HA ! HA ! C'EST NUL !
HA !
AH OUAIS ? ALORS ESSAYEZ, VOUS !
HA ! HA !
...
PLOC
HA ! HA ! HA ! HA !
HA ! HA !
!?
MAIS...
HA ! HA ! HA !
ALLEZ ! RIGOLE !
EH ! OH !
DOM
QU'EST-CE QUE C'EST QUE CETTE AMBIANCE ?!

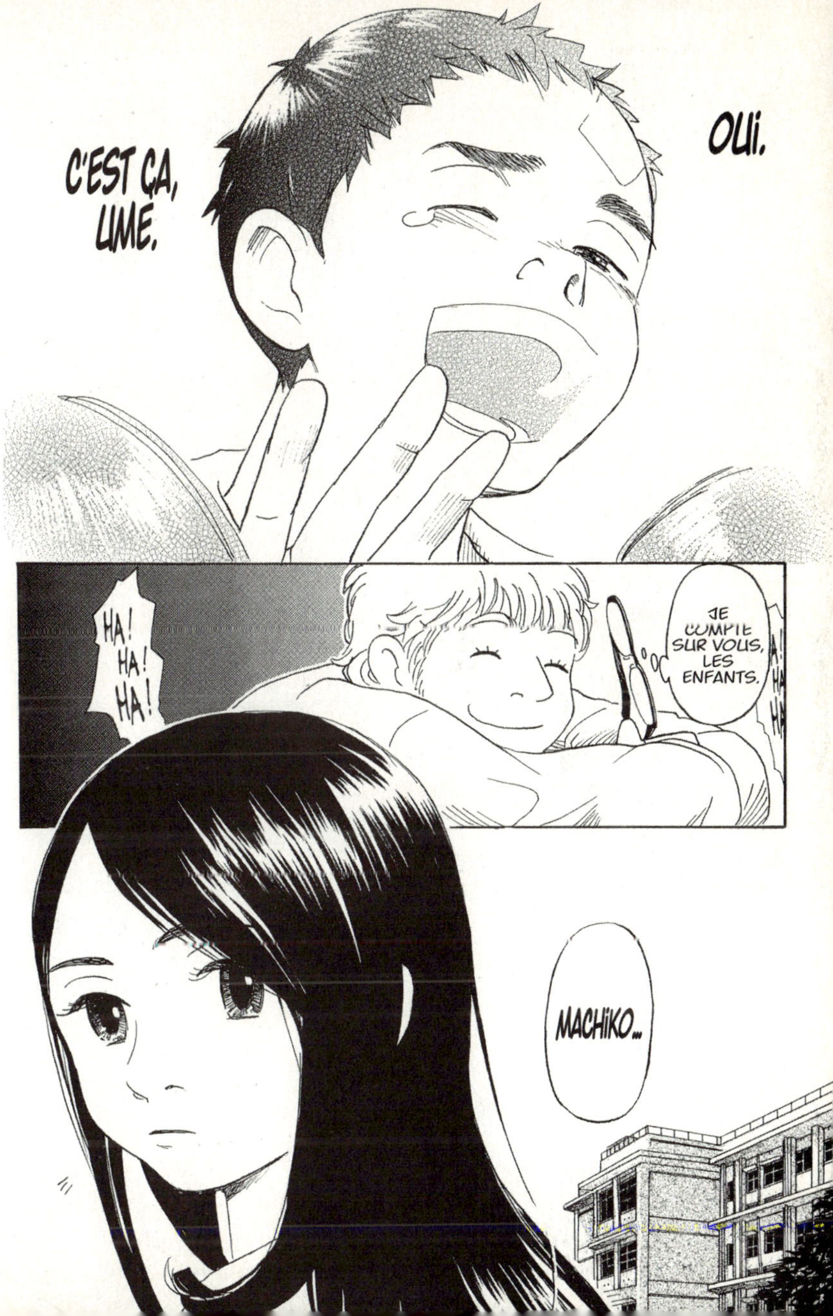
OUI.
C'EST ÇA, UME.
JE COMPTE SUR VOUS, LES ENFANTS.
HA! HA! HA!
MACHIKO...

BOM
どすん
OUPS ! PARDON ! ÇA VA ?
TIENS, TON JUS DE FRUITS.
MERCI... OUI, ÇA VA.
ENCORE À RÊVASSER...
TU T'INQUIÈTES POUR TON FRÈRE, N'EST-CE PAS ?
PENSE UN PEU À TOI AUSSI, SINON TU VAS FINIR PAR TE BLESSER.
TU MANQUES DE VIGILANCE !!
OUI...
AU FAIT, CES DERNIERS TEMPS, IL Y A PAS MAL D'AGITATION.
OUI... À CAUSE DES AGRESSIONS QUI ONT LIEU PRÈS D'ICI...
HEIN ? DES AGRESSIONS ?
OUI ! MOI, J'AI MÊME ÉTÉ SUIVIE !
TU PLAISANTES ?
MAIS NON, JE T'ASSURE, C'EST VRAI !
ET DU COUP, J'AI PENSÉ ...
SLAP
TAC
DE L'AUTO-DÉFENSE ?!
LES SALLES DE GYM SONT CHÈRES, MAIS SI ON VA DANS UN CENTRE COMMUNAL...
IL PARAÎT QUE C'EST BON POUR LA FORME EN GÉNÉRAL !
AÏKIDO
合気道
INFORMATIONS D'INSCRIPTION
AU FAIT, ÇA, C'EST DANS LE COLLÈGE DE TON FRÈRE, NON ?
QU'EN DIS-TU, MACHIKO ?

Si tu veux faire un régime, entre plutôt dans un club.
Pff ! Je peux quand même aller voir...
... Non ?!
Un sport de défense...
...?
Pourquoi faut-il que ça se passe comme ça...?
Salut, Ume !
...

...
JE ME DE-MANDE SI...
... AUJOURD'HUI AUSSI, ILS SONT...
SHAT
... AU GYMNASE...?
PAF
SHAT
ZOON
METTEZ-VOUS EN GARDE. O.K., TRÈS BIEN.
PAF
AUX TROIS QUARTS.
C'EST COMME ÇA QUE L'ON SE PLACE POUR ENTRER DANS L'ANGLE MORT DE L'ADVER-SAIRE.
ON APPELLE CE MOUVEMENT "IREMI".

À L'INVERSE, SI L'ON EST DANS UNE POSITION TOTALEMENT INAMOVIBLE, QUELLE QUE SOIT L'ATTAQUE ADVERSE...
...
ENSUITE, ON SE RETROUVE COMME AU CENTRE D'UN CERCLE, ET ON PEUT ALORS DIRIGER L'ADVERSAIRE ET LE BATTRE.
PLUS QUE D'UTILISER SA PROPRE FORCE, IL S'AGIT D'ATTIRER NATURELLEMENT L'ADVERSAIRE.
PAR EXEMPLE...
... SI LE CENTRE DE GRAVITÉ N'EST PAS STABLE, IL SUFFIT DE PEU DE CHOSE POUR ÊTRE DÉSÉQUILIBRÉ.
INAMOVIBLE...
NON...
AVEC LA PLUIE, IL A DÛ GLISSER

!!!
ドパーン
PAF
IMPOSSIBLE POUR MOI !
IN-CROYABLE, CE TRUC…
DOM DOM
ドキドキ
…
ÇA VA, MACHIKO ?
MAIS…
LE PROFESSEUR ÉTRANGER A L'AIR GENTIL.
PEUT-ÊTRE, MAIS MOI, JE NE COMPRENDS PAS GRAND-CHOSE À CE QU'IL EXPLIQUE.
MAIS SURTOUT, CE N'EST PAS AVEC ÇA QU'ON VA ARRIVER À SE PROTÉGER !
EN SITUATION RÉELLE, AVEC LA PEUR, ON SERA INCAPABLES DE FAIRE ÇA !

UN POINT IMPORTANT EST DE GARDER SA SÉRÉNITÉ EN TOUTE SITUATION !
IL FAUT DU TEMPS AVANT D'Y PARVENIR, MAIS...
!?
... L'AÏKIDO EST UNE BONNE MÉTHODE !
DANS CE CAS, QUE FAIRE POUR SE PROTÉGER EN PREMIER LIEU ?
TOUT D'ABORD, RESTER VIGILANTE, NE PAS SORTIR SEULE LE SOIR...
HEIN ?
NE PAS MONTRER SA CULOTTE INUTILEMENT...
!!
PERVERS !!
MAIS ?! SI VOUS NE CHERCHIEZ PAS À REGARDER, JE N'AURAIS PAS BESOIN DE LA CACHER !!
QUOI ?!
PFF ! LUI, ALORS !!
DANS CE CAS, MÊME SI UNE PERSONNE PROCHE SE FAIT AGRESSER...
... ON DOIT RESTER SEREIN ET CALME ?

QUE FERIEZ-VOUS, VOUS ?
SANS ALLER DEHORS, EN RESTANT CHEZ SOI EN FAMILLE...
... ON EST CONFRONTE À LA VIOLENCE.
MACHIKO...
IL Y A BIEN DES MOMENTS OÙ ON NE PEUT RIEN FAIRE D'AUTRE, NON ?!

ZAT
...
...
FLOC
...
HUU...
!
SNIF...
MAIS... MACHIKO ?!
BOOOH
QU'EST-CE QUI T'ARRIVE ?!
NON... J'EN AI ASSEZ ...
PARDON...

EH ! TOI !!
!
FIUT
UME ?!
TAC

ZOOON
CRIII
!!

SHUUU
...
UME ...!!
TADAN
AH...
EH ! TOI !!
QU'AS-TU FAIT À MA SOEUR ?!
MA SOEUR...
POURQUOI L'AS-TU FAIT PLEURER ?!
SA... SA SOEUR ?!
!!
UME ?!
AH LÀ LÀ
NON, UME...
C'EST MOI QUI SUIS VENUE ICI ET...

DIS DONC...
... POURQUOI ES-TU ENCORE VENUE DANS MON ÉCOLE ?!
TU M'AVAIS DIT QUE TU NE VIENDRAIS PLUS !!
EH ! OH ! NE VIENS PAS ME REJETER LA FAUTE DESSUS !!!
IL FAUT QUE TU ARRÊTES DE TIRER DES CONCLUSIONS HÂTIVES !
ILS SONT MIGNONS TOUS LES DEUX.
OUI.
...
MON FRÈRE S'EST TROMPÉ, JE SUIS DÉSOLÉE...
HUM...
JE VOUS PRIE DE M'EXCUSER, PROFESSEUR.
GRRR
IL M'A ENCORE MIS AU TAPIS...!!
UME !!
NON, CE N'EST RIEN...
...
MAIS AU FAIT, DIS-MOI...
... QU'ES-TU VENU FAIRE AU GYMNASE ?
GLOUPS !!

...
...
...
...
BEN... J'AIMERAIS BIEN ESSAYER...
... L'AÏKIDO.
QUOI ?
SI CE N'EST PAS POUR DEVENIR PLUS FORT EN BAGARRE, O.K.
!
TU ES VENU POUR ASSISTER À UN ENTRAÎNEMENT, HEIN ?
MALHEUREUSEMENT, LA JOURNÉE EST FINIE. JE SUIS DÉSOLÉ.
SOIS LE BIENVENU !
HÉ HÉ
JE PLAISANTE !!!
ALORS, COMME ÇA, ÇA T'INTÉRESSE ?

JE...
JE VEUX DEVENIR PLUS FORT À LA BAGARRE.
CENT FOIS PLUS QUE MAINTENANT !!!
QU'EST-CE QUI TE POUSSE...
... À FAIRE ÇA ?

Oui... quoi ?
...
Tu plaisantes, j'espère.
Si tu deviens aussi fort que ça, qui sera alors capable de t'arrêter ?
Un jour, ton adversaire mourra.
!
TADAN
!!
...!
Ume !

IL PEUT BIEN MOURIR, JE M'EN FOUS...!!
UME...!!
DANS CE CAS, L'AÏKIDO NE PEUT PAS FAIRE GRAND-CHOSE POUR TOI.

TU VEUX
ESSAYER ?

EVIL HEART

UN JOUR, TON ADVERSAIRE MOURRA.
ET ALORS ?! JE M'EN FOUS !!

DANS CE CAS, L'AÏKIDO NE PEUT PAS FAIRE GRAND-CHOSE POUR TOI.
TU VEUX ESSAYER ?
L'AÏKIDO...
... EST-IL LA VOIE QUI TE CORRESPOND ?
EN AS-TU BESOIN ?
L'AÏKIDO...
... EST-IL MA VOIE...?

ALORS ?
CRAC
CHAPITRE 3 – LA VOIE D'UME

PAF
OH
HISSE
QU'EST-CE QUE J'ATTENDS DE L'AÏKIDO...?
...
QU'Y A-T-IL DE MAL À VOULOIR DEVENIR PLUS FORT EN BAGARRE ?
UME...
TOI, LORSQUE TU AS COMMENCE, CE N'ÉTAIT PAS PAR ENVIE DE DEVENIR PLUS FORT ?!

SI, BIEN SÛR !
PAF

HEIN...?
ESSAYER...
QUE VOULAIT-IL DIRE ?
UME VOULAIT FAIRE DE L'AÏKIDO ?
SAT
BON... O.K. ?
ON EST LÀ POUR S'AMUSER.
ON GARDE LA RÈGLE DU SUMO OÙ L'ON NE DOIT PAS SORTIR DE LA ZONE...
ET...
... LE MATCH S'ARRÊTE LORSQUE L'UN DE NOUS EST AU TAPIS.
TOI, TU AS DROIT À DIX CHANCES, MOI, UNE SEULE.
HEIN ?!
UN DUEL ?!
SI JAMAIS C'EST MOI QUI GAGNE, TU DEVRAS M'APPRENDRE UNE PRISE !
UN HANDI-CAP...
PFFF !
UNE PRISE ?
O.K., ÇA MARCHE.

OH LÀ LÀ !
JE POURRAIS PRENDRE UN THÉ AVEC SA SOEUR...
ALLEZ-Y DOUCEMENT QUAND MÊME !!
ET SI C'EST LE PROFESSEUR QUI GAGNE ?
MOI ?
PAF
UME, TU ES BLESSÉ...
AVEC LA BAGARRE DE CE MATIN...
TAC
HE HE
!
AU FAIT, J'OUBLIAIS !
JE PLAISANTE...
NON, MOI, ÇA VA.
PUISQUE DE TOUTE FAÇON, JE VAIS GAGNER RAPIDEMENT !!!
PAS DE PROBLÈME !!!
TAC TAC TAC
SLAP

TADAN
ALLEZ !
À TOI L'HONNEUR !
IL SE FICHE DE MOI... S'IL CROIT QUE JE VAIS ENCORE ME LAISSER BALANCER À TERRE !
IL M'ÉNERVE, CET ETRANGER !
"ESSAYER", "TROUVER MA VOIE"... PFF ! M'EN FOUS !
ALLEZ ! JE DOIS Y ALLER !!

LA PREMIÈRE FOIS QUE JE L'AI RENCONTRE, IL M'A FAIT CETTE PRISE...
IL M'A BALANCE... JE DOIS REFAIRE ÇA SUR LUI !
VOILÀ !!
CETTE FOIS, PAR LE BAS...?!
TAP TAP
TOUT À L'HEURE, LORSQUE J'AI ESSAYE DE LE FRAPPER PAR LE HAUT, IL EST PASSÉ DERRIÈRE MOI.
!
TA TA TA TA TA
FAIRE TOMBER UN ADULTE, JE DOIS POUVOIR FAIRE ÇA...!
TA

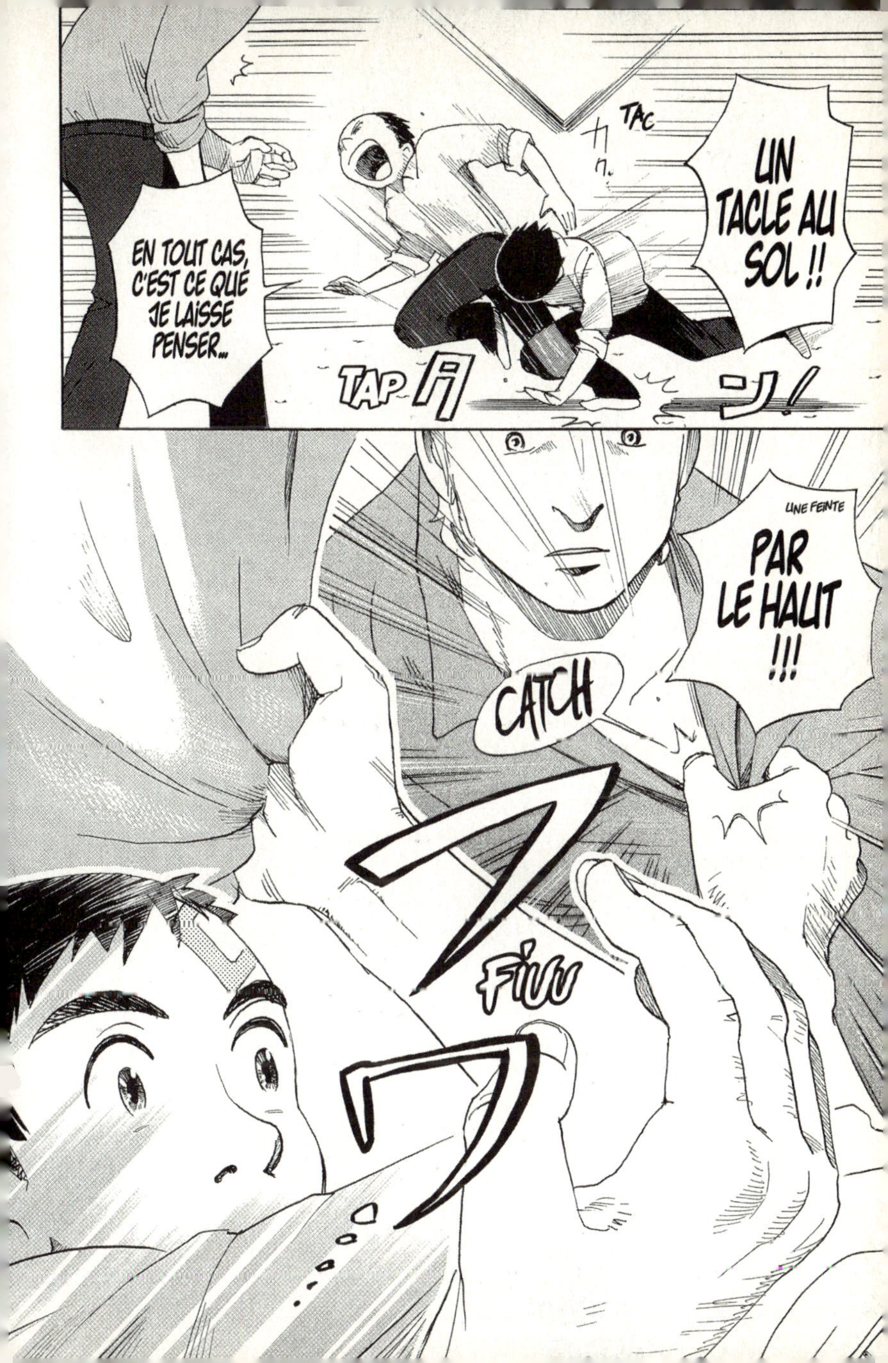
TAC
UN TACLE AU SOL !!
EN TOUT CAS, C'EST CE QUE JE LAISSE PENSER...
TAP
UNE FEINTE PAR LE HAUT !!!
CATCH
FIUU

CRIII !
PAF
...
DANS LA FOULÉE ...!
GRR !!
TAC
1 FOIS.

SLAT
TAC
MAIS... QU'EST-CE QUE C'EST QUE ÇA ?!
FIUU
PAF
GRRR!!
!?
IL M'A MIS AU SOL SANS MÊME SE LEVER...?!

PAF !!
SHAT !!
PAF
SHUU
MERDE...
TAC
SHAT !!
MAIS... QU'EST-CE...?
FIUUU
ENCORE ÇA...?!
SHAT
SHUUU
PAF
C'EST VRAI QUE UME EST ÉTONNAMMENT FORT À LA BAGARRE, MAIS...
...
... FACE À UN ADULTE, ÉVIDEMMENT, IL NE PEUT RIEN !
ENCORE MOINS FACE À UN ÉTRANGER QUI MAÎTRISE UN ART MARTIAL...
GRRR !

POURQUOI EN VEUT-IL AUTANT ?
DAM
DOU...
DIS-MOI...
À QUOI ÇA T'AVANCERA D'ÊTRE PLUS FORT ?
!
UME, TU SAIS DÉJÀ SUFFISAMMENT TE BATTRE.
OUI, PEUT-ÊTRE, MAIS VOUS, VOUS M'AVEZ BALANCÉ SANS PROBLÈME !
CE MATIN, FACE À DES ÉLÈVES DE DEUXIÈME ANNÉE...
... ALORS QUE C'ÉTAIT EUX QUI T'AVAIENT PROVOQUÉ...
... AU FINAL, C'EST TOI QUI AS PRIS LE DESSUS.
TAC
OUI, BIEN SÛR, MAIS...

IL N'Y A PAS DE MAIS !
QUE JE SOIS FACE À UN ADULTE OU À N'IMPORTE QUI, JE NE DOIS PAS PERDRE !!
UME...?
...
CE MATIN, C'EST EUX QUI ONT COMMENCÉ.
C'EST DE LEUR FAUTE, PAS DE LA MIENNE !
TAP
J'AI ÉTÉ OBLIGÉ DE RIPOSTER !
POUR QU'ON NE VIENNE PLUS M'EMBÊTER...
... JE DOIS FRAPPER AVANT QU'ON ME FRAPPE !!

QUi ?

!
TU VEUX DEVENIR PLUS FORT POUR RÉSISTER À QUELQU'UN EN PARTICULIER.
VOILÀ CE QUE MOI, J'ENTENDS DANS TES PAROLES.
MAIS SI TU VEUX FRAPPER AVANT QU'ON TE FRAPPE...
SI TU VEUX BATTRE AVANT QU'ON TE BATTE...
... L'AÏKIDO NE T'APPRENDRA RIEN DE PLUS !

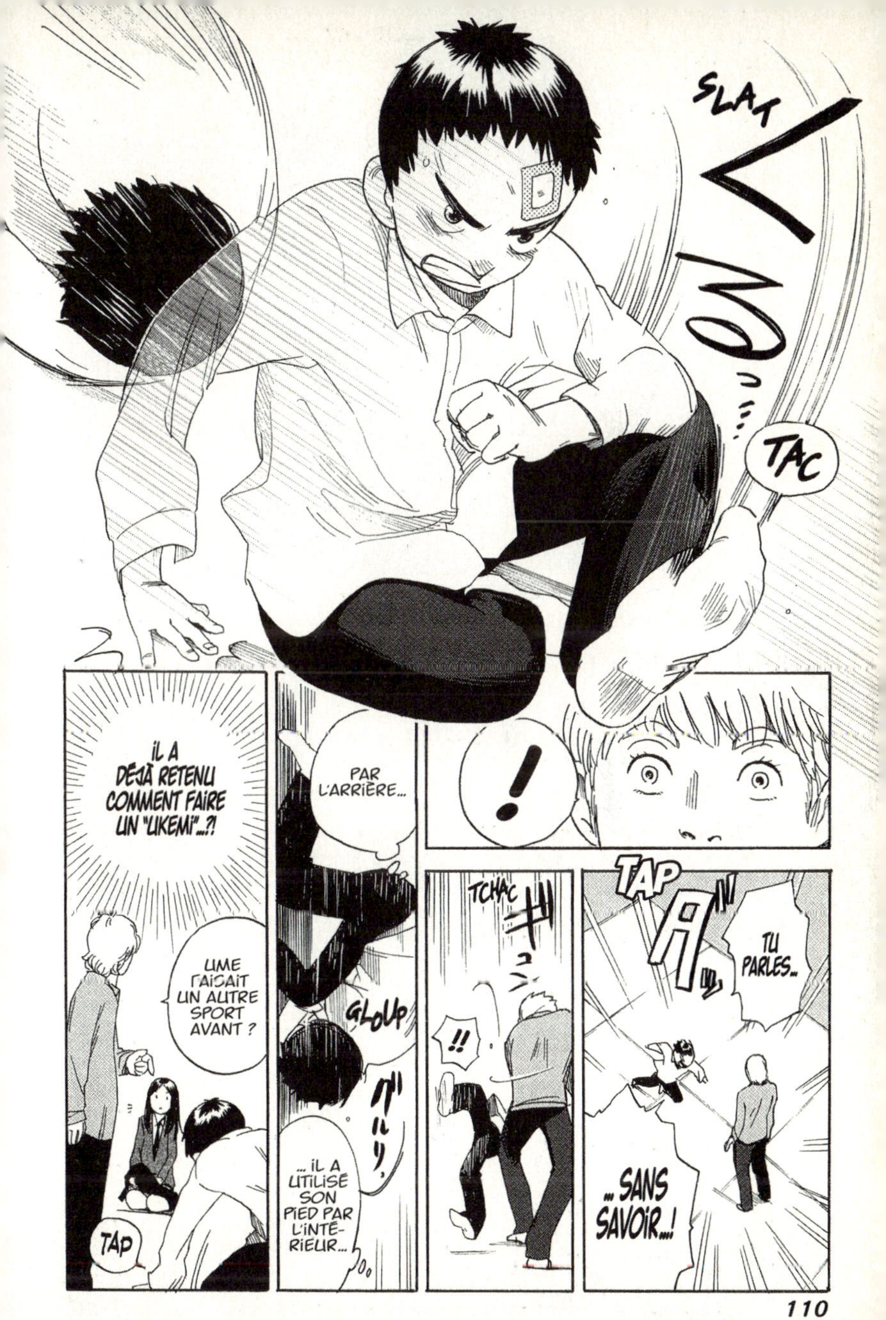
SLAT
TAC
!
PAR L'ARRIÈRE...
IL A DÉJÀ RETENU COMMENT FAIRE UN "UKEMI"...?!
TAP
TU PARLES...
... SANS SAVOIR...!
TCHAC
!!
GLOUP
... IL A UTILISE SON PIED PAR L'INTÉRIEUR...
UME FAISAIT UN AUTRE SPORT AVANT ?
TAP

LA BAGARRE, OUI...!
DERRIÈRE...!!

CE N'EST QU'UN ART MARTIAL...
IL NE FAIT QUE BALANCER UME PAR-DESSUS LUI... POURTANT...
... C'EST BEAU...
PAF

GRAAA!!
C'EST TOUJOURS MOI !!
POURQUOI EST-CE QUE TOI, TU NE M'ATTAQUES PAS !?
LÂCHE !
TAP
TAC
CE N'EST PAS ÇA, UN DUEL...
VOILÀ, C'EST ÇA !!
TU AS TROUVÉ ! IL Y A UN NOMBRE INCALCULABLE DE TECHNIQUES POUR ESQUIVER L'ADVERSAIRE, MAIS...
... ON N'ATTAQUE JAMAIS SOI-MÊME !
HÉ
EN AÏKIDO, ON NE CHERCHE PAS À SE BATTRE.

!
C'EST POUR ÇA QU'IL N'Y A PAS DE MATCHES.
ET CE QUE NOUS FAISONS LÀ EST INTERDIT, EN FAIT.
AH...!
POUR ÊTRE INVINCIBLE, IL NE FAUT PAS SE BATTRE.
POUR DEVENIR PLUS FORT, IL NE FAUT SURTOUT PAS SE BATTRE...
...UME.

QU'EST-CE QUE ÇA VEUT DIRE ?

BOBO
ZAT ZAT ZAT ZAT
ペケペケ
TIC TIC TIC
...
DING
デーン
TIC TIC TIC
BUDO
VS
KO
TIC TIC TIC
YOU LOSE !
GAMEOV
"MR. BUDÔ ! VOUS NE COMPRENEZ RIEN AUX ARTS MARTIAUX !"

AH... ENCORE PERDU.
VLAM
カシャン
DING DONG DANG
TU NE PEUX PAS TÉLÉPHONER DANS TA CHAMBRE ?!
ALLÔ ? BONSOIR, GRAND-PÈRE.
OUI, ÇA VA, MERCI ! OUI... UME, COMME TOUJOURS...
OUI... IL EST ENTRÉ AU COLLÈGE AUJOURD'HUI.
ET IL S'EST DÉJÀ PASSÉ PLEIN DE CHOSES...
ENFIN, GLOBALEMENT, ÇA VA.
EN PLUS, IL A DE BONS PROFESSEURS.
GRRR
ピク
OUI...
NE T'EN FAIS PAS... ON S'EN SORT BIEN TOUS LES DEUX.
TU PEUX ME FAIRE CONFIANCE.
JE LE SURVEILLE !
ENTRE L'ÉCOLE ET LES TÂCHES MÉNAGÈRES, ON N'A PAS VRAIMENT LE TEMPS DE SE SENTIR SEULS.
N'EST-CE PAS, KORO ?
SLURP

OUI. ATTENDS, JE TE LE PASSE.
SAT
SAT
TIENS ! C'EST GRAND-PÈRE.
NON, ÇA VA...
ALLEZ !
IL APPELLE DE L'ÉTRANGER !
...
ALLÔ ?
HEIN ? SI JE ME BAGARRE À L'ÉCOLE ?
...
NON, PAS DU TOUT.
NON.
HEIN ? QUOI ?
OUI, JE SAIS, C'EST BON !!
?
!
...
SLAM

Oui...
Jusqu'à ce que maman ou toi reveniez à la maison...
ZAT
... je dois veiller sur Koro et Machiko.

BIP
CE N'EST PAS BEAU DE MENTIR, TU SAIS ?
!
ZAT
...
PFF
AUJOURD'HUI, JE ME SUIS VRAIMENT FAIT DU SOUCI...
... MAIS TON PROF, L'ÉTRANGER, IL EST BIEN !
IL A L'AIR GENTIL ET DÉVOUÉ !
ET PUIS, IL EST MARRANT.
TU AS DE LA CHANCE, UME !
SURTOUT, IL EST VACHEMENT FORT !

TADAN
LA PROCHAINE FOIS, JE GAGNE !!
BON...
TAC
DIS... TU AS VRAIMENT ÉCOUTÉ CE QU'IL A DIT ?
JE GAGNERAI !!!
JE LE JURE !

EVIL HEART

EN AÏKIDO, ON NE CHERCHE PAS À SE BATTRE.
C'EST POUR ÇA QU'IL N'Y A PAS DE MATCHES.
POUR ÊTRE INVINCIBLE, IL NE FAUT PAS SE BATTRE.
POUR DEVENIR PLUS FORT, IL NE FAUT SURTOUT PAS SE BATTRE, UME...!
ZAT
ET L'AÏKIDO N'EST PAS FAIT POUR LES GENS COMME MOI.
ZAT
97 !
96 !
CRIT
C'EST ÇA QUE TU VEUX DIRE ?
CRIT
98 !
99 !

CHAPITRE 4 – UME ET LE COLLÈGE

ZOON
SHUU
1!
2!
SHUU
COMBIEN DE FOIS VA-T-IL ME BALANCER COMME ÇA ?! CE DANIEL !
ÇA M'ÉNERVE... ÇA M'ÉNERVE !!!
ZAM
DOM
UME ! TU NE PEUX PAS TE TENIR UN PEU TRANQUILLE ?!
ONCLE ET TANTE SONT VENUS NOUS VOIR !
UMEO DÉBORDE D'ÉNERGIE DÈS LE MATIN...
JE SUIS DÉSOLÉE... IL PARAIT QU'IL DOIT FAIRE ÇA TOUS LES MATINS...
C'EST QUAND MÊME TRÈS BRUYANT.
SAT
ARGH !
TAP
VOUS MANGEZ CORRECTEMENT, HEIN ?
OUI !
ET VOUS NE NÉGLIGEZ PAS VOS ÉTUDES POUR AUTANT ?...
TU ES SÛRE QUE VOUS NE MANQUEZ DE RIEN ?
...
C'EST...
... TRÈS GENTIL DE VENIR NOUS VOIR SOUVENT COMME ÇA, MAIS...
...
C'EST NORMAL. C'EST NOUS QUI HABITONS LE PLUS PRÈS DE CHEZ VOUS...

SI NOUS N'ÉTIONS PAS DÉJÀ SI NOMBREUX DANS NOTRE PETITE MAISON, ON VOUS AURAIT PRIS AVEC NOUS, MAIS...
AH... NON...
... JE SUPPOSE QUE VOUS ÊTES PLUS À L'AISE ENTRE VOUS, NON ?
CETTE MAISON EST QUAND MÊME BIEN GRANDE POUR DEUX ENFANTS SEULS.
!
UME !
DESCENDS DIRE BONJOUR !
CLAC
プイ
UME !
DANS UNE GRANDE MAISON...
... ÇA NE DOIT PAS ÊTRE FACILE TOUS LES JOURS...
... POUR DEUX ENFANTS.

VOUS AVEZ EU DES NOUVELLES DE SHIGERU ?
!
NON.
NOTRE FRÈRE EST PLUTÔT DU GENRE DISCRET ...
AH...
...
DING
DONG

REGARDE ! C'EST LE GARÇON QUI SE DISPUTE TOUT LE TEMPS AVEC LES GRANDS.
UMEO MASAKI ?
IL EST DANS LA MÊME CLASSE QUE TOI, NON ? YAMAMOTO.
IL FICHE LA TROUILLE.
...
OUI, UN PEU...
UME !!
SALUT !
!
MA SOEUR...?
GRRR
GRRR
COMMENT VA TA SOEUR ?
HÉ HÉ !
EUH...
HIER, JE N'AI PAS VRAIMENT PU ME PRÉSENTER COMME J'AURAIS DÛ...
TU VOIS, EN TANT QUE VICE-PROFESSEUR PRINCIPAL...
PFF
TAP TAP TAP
QU'EST-CE QUI LUI PREND AUJOURD'HUI ?
BON. QU'EST-CE QUE VOUS VOULEZ ?

EN FAIT...
UME, JE ME DEMANDAIS...
!?
GLOUPS
EST-CE QUE TA SOEUR A UN PETIT COPAIN ?
VLAM
QU'EST-CE QU'ILS FONT ?
OUPS !!
OUPS !!
JE NE SAIS PAS...
PARDON ! PARDON !

キー DING
コー DONG
C'EST L'HEURE D'ALLER EN CLASSE.
1-A
PFF ぜー
PFF ぜー
VRAIMENT, LUI...
ガ TAC
AH...
SALUT !!
HIER...
...
...
DOM ドキ
DOM ドキ
EUH...
BONJ...

MOI, JE SUIS DANS LA MÊME CLASSE QUE MASAKI DEPUIS L'ÉCOLE PRIMAIRE, ALORS JE SAIS.
...?!
IL ÉTAIT DANS MA CLASSE...
UEDA...
CE QUI EST ARRIVÉ CHEZ LUI, TOUT ÇA... JE M'EN FICHE. NON, JE NE VEUX PAS FAIRE DE DISCRIMINATION AVEC ÇA.
BON !
ALORS ?
SE SERVIR DES AUTRES...
... POUR ATTIRER L'ATTENTION...
JE CROIS QUE TOUT LE MONDE M'ÉCOUTE.
C'EST CHOUETTE !
AH !
C'EST YAMAMOTO, LA FILLE QUE J'AIME BIEN.
BON... BONJOUR YAMAMOTO ! ♡ ÉCOUTE, TOI AUSSI.
QUOI ?

EH ! "IL" EST LÀ, ATTENTION !
!!
BROUAHA
AH...
PFF...
J'AURAIS DÛ ME DOUTER QUE CE SERAIT COMME ÇA.
UN SIMPLE PROLONGEMENT DU PRIMAIRE...
DE TOUTE FAÇON, J'AI L'HABITUDE.
TU AS VU LE DERNIER TOURNOI DE K-1 MANIAX ?
BOB, IL ÉTAIT INCROYABLE !
IL A FILÉ UN COUP DE PIED DIRECT DANS LA...
NE ME DIS RIEN ! J'AI ENREGISTRÉ MAIS PAS ENCORE VU !
BOBO!?
...!

* MAGAZINE SPORT DE COMBAT

ON ENTEND SOUVENT DIRE QUE "LES JEUNES S'ÉNERVENT FACILEMENT AUJOURD'HUI", MAIS...
... MÊME SI J'EN AI VU D'AUTRES, IL EST LE SEUL À SE METTRE DANS CET ÉTAT-LÀ.

C'EST LUI-MÊME QUI FAIT FUIR LES GENS AUTOUR DE LUI.
J'AI L'HABITUDE.
APRÈS TOUT, CE N'EST PAS PARCE QUE JE SUIS ENTRÉ AU COLLÈGE QUE ÇA DEVRAIT CHANGER.
RÉUNION D'INFORMATION POUR LES ACTIVITÉS EXTRA-SCOLAIRES
JE N'ESPÉRAIS RIEN DE PARTICULIER, DE TOUTE FAÇON.

PLAF
C'ÉTAIT LE CLUB DE KENDO.
LE RESPONSABLE DU JUDO ÉTANT PARTI À LA RETRAITE, LE CLUB N'EXISTE PAS CETTE ANNÉE.
CLAP
M'EN FICHE, MOI, CE SERA LE TENNIS.
POUR L'AÏKIDO, ÇA VA ÊTRE L'ÉTRANGER, DANIEL...
!
PFF ! PEU IMPORTE, APRÈS TOUT !
CE TRUC N'EST PAS FAIT POUR MOI...
ON FAIT UN PARI SUR LE CLUB QUE VA INTÉGRER UMEO MASAKI ?
HEIN ?
LE CLUB DES CASSEURS DE GRANDS, PAR EXEMPLE ?
HA ! HA ! HA !
ALLEZ, SÉRIEUSEMENT...

BLA BLA BLA ...
HA! HA! HA!
...
...
MERDE...

TU AS CHOISI TON CLUB ?
AH... EUH...
OUPS
JE TE DEMANDAIS JUSTE ÇA COMME ÇA...

SÛREMENT UN CLUB DE SPORT, HEIN ?
CE N'EST PAS UNE ACTIVITÉ CULTURELLE, HEIN ? MAIS VU QUE CE N'EST PAS LE JUDO, ALORS...
HEIN ...?
UN JEU DE BALLE PEUT-ÊTRE ?
...
!?
YAMAMOTO ?!
MASAKI, TU N'AIMAIS PAS TROP LE FOOT !
!?
ZOON
MÊME SI TU COURAIS ASSEZ VITE...
TIENS...?
QUELQUE CHOSE...
... EST DIFFÉRENT...
ATHLÉTISME ?
EH ! LÀ-BAS ! TAISEZ-VOUS UN PEU !
C'EST VRAI.
DEPUIS LE PREMIER JOUR, QUELQUE CHOSE EST DIFFÉRENT.

AiNSi S'ACHÈVE LA PRÉSENTATION DES DIFFÉRENTS CLUBS DE SPORT.
...?
NOUS CONTINUONS AVEC CELLE DES CLUBS D'ACTIVITÉS CULTURELLES.
HEiN ?
MAiS...
DANS LES INSTRU-MENTS DE MUSI-QUE...
QUOi ?!
ET LE CLUB D'AÏKiDO ?!
DOM
HA HA HA HA HA HA HA HA HA HA
iL N'Y EN A PAS.
LiSEZ ATTEN-TIVEMENT LE LiVRET DE PRÉSEN-TATION.

DES OEUFS, DES OIGNONS... O.K. !
TAC
TU SAIS CUISINER, MACHIKO ?
OUI !
DÉSORMAIS, POUR LE DÎNER, JE FERAI LA CUISINE AUTANT QUE ÇA ME SERA POSSIBLE !
SHICHAN, EN VIANDE HACHÉE, TU PRENDRAIS QUOI, TOI ?
JE PLAINS SON FRÈRE...
POUR SA RECETTE, C'EST DU BOEUF.
NOTER POUR NE PAS OUBLIER.
CLAP
AH... ZUT, J'AVAIS LAISSÉ MON TÉLÉPHONE EN MODE SILENCIEUX...
...!?
APPELS EN ABSENCE : 41...?!
ET LES MAILS ?
NON... AUCUN...
NUMÉRO NON AFFICHÉ...
NUMÉRO NON AFFICHÉ
...
...
CE SERAIT...
... MON GRAND FRÈRE ...?

AU COLLÈGE...
HA HA HA あはははは HA HA
... LES CHOSES VONT CHANGER.
HA HA はは HA HA はは HA
AVOIR CET ESPOIR EN MOI, ÇA ME FICHAIT LA TROUILLE.
VIDÉO
CATION
VENTE

EVIL HEART

CHAPITRE 5 – LE PASSÉ D'UME

QUOI ?!
ET LE CLUB D'AÏKIDO ?!
IL N'Y EN A PAS ?!
HA HA HA HA HA
ÇA, C'ÉTAIT UMEO MASAKI LORS DE LA PRÉSENTATION DES ACTIVITÉS EXTRA-SCOLAIRES.
HA HA HA
C'EST RESSEMBLANT, NON ?
HA HA
AH...
HA
...
HA
!!

UEDA, CETTE FOIS, JE CROIS TU ES MORT...
GLOUPS !
TIENS ...?
AUJOURD'HUI, IL N'EST PAS VRAIMENT ÉNERVÉ...
...
TAC
IL EST GÊNÉ ?
OUI, C'EST VRAI, IL ROUGIT.
DO DO DO DO
FUJISAKI EST ENCORE ALLÉ LUI PARLER !
QU'EST-CE QU'IL EST GENTIL...
AH...
EH, MASAKI...
... TU VOULAIS FAIRE DE L'AÏKIDO ?
!
DAM
TADAN
MOI ?! ÇA NE VA PAS, NON ?!

SHAAA
ガラ…
…
ン…
JE DIS ÇA, MAIS…
DISCRETOS
IL N'Y A PAS D'ENTRAÎNEMENT AUJOURD'HUI.
AH… EUH… NON… J'AI JUSTE OUBLIÉ QUELQUE CHOSE…
AH BON ?
JE FERME LA PORTE.
!!
GLOUPS
ビク
…
DE TOUTE FAÇON, JE NE SUIS PAS FAIT POUR L'AÏKIDO, HEIN ?

...?
QUI T'A DIT UNE CHOSE PAREILLE ?
...
!
IL N'Y A PAS DE CLUB RATTACHÉ AUX CLASSES, MAIS JE PEUX TE PRÉSENTER AU CERCLE DES JEUNES !
ALORS, ÇA NE VEUT PAS DIRE...
... QUE JE NE SUIS PAS FAIT POUR L'AÏKIDO...?
MAIS... JE VOUS DIS QUE J'AI JUSTE OUBLIÉ QUELQUE CHOSE ICI !!

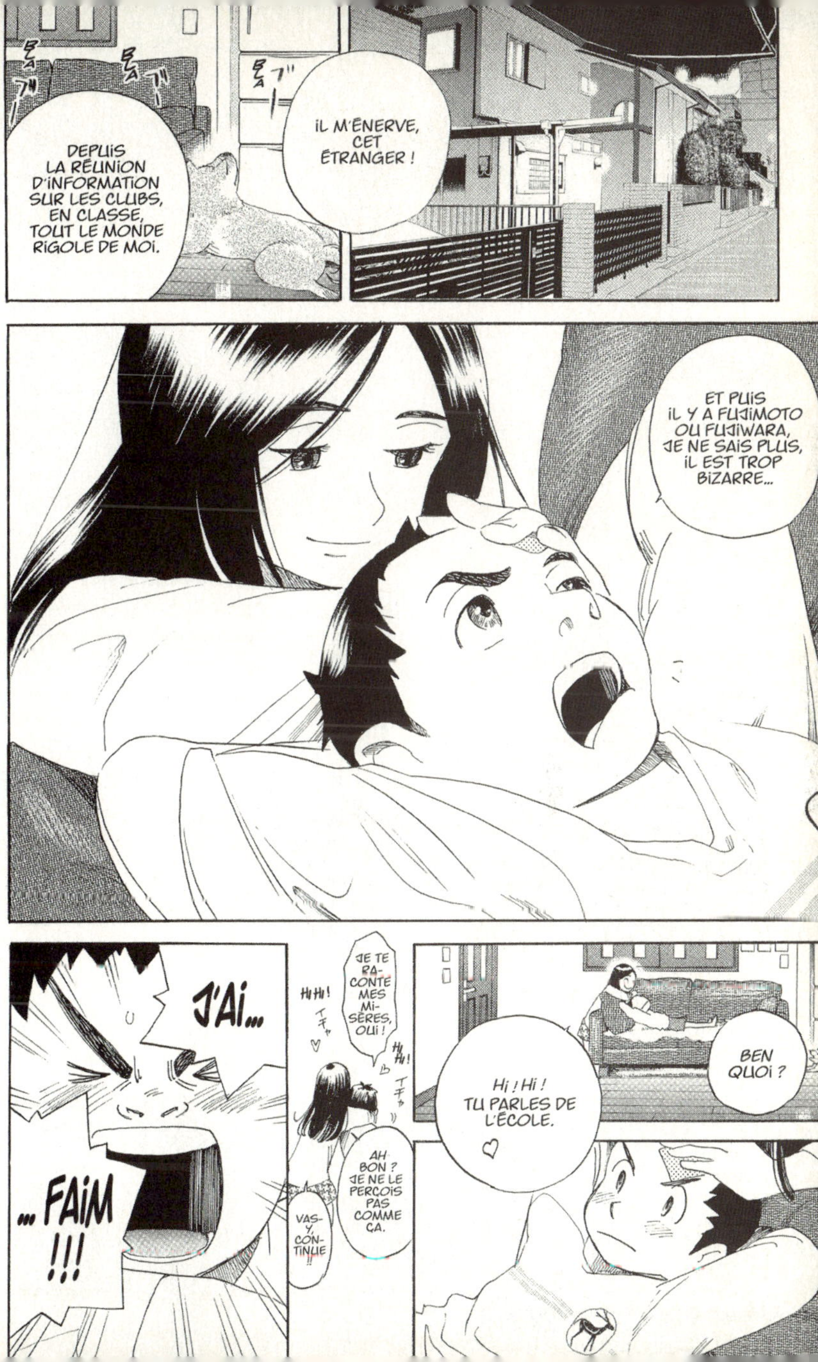
BLA BLA
IL M'ÉNERVE, CET ÉTRANGER !
BLA BLA
DEPUIS LA RÉUNION D'INFORMATION SUR LES CLUBS, EN CLASSE, TOUT LE MONDE RIGOLE DE MOI.
ET PUIS IL Y A FUJIMOTO OU FUJIWARA, JE NE SAIS PLUS, IL EST TROP BIZARRE...
BEN QUOI ?
Hi ! Hi ! TU PARLES DE L'ÉCOLE.
JE TE RACONTE MES MISÈRES, OUI !
Hi Hi !
Hi Hi !
AH BON ? JE NE LE PERÇOIS PAS COMME ÇA.
VAS-Y, CONTINUE !!
J'AI...
... FAIM !!!

ALLEZ !!
...!
TU VAS CUISINER ?!
OUI, MONSIEUR !
MON PETIT FRÈRE SE RETIENT JUSQU'À CE QUE SON ESTOMAC CRIE FAMINE.
KYAA !!
ALORS, MOI AUSSI, JE DOIS ME DONNER DU MAL !
C'EST BIZARRE.
DEPUIS QUE JE SUIS ENTRÉ AU COLLÈGE...
DEPUIS QUE J'AI DÉCOUVERT "ÇA"...
...
PFF !!

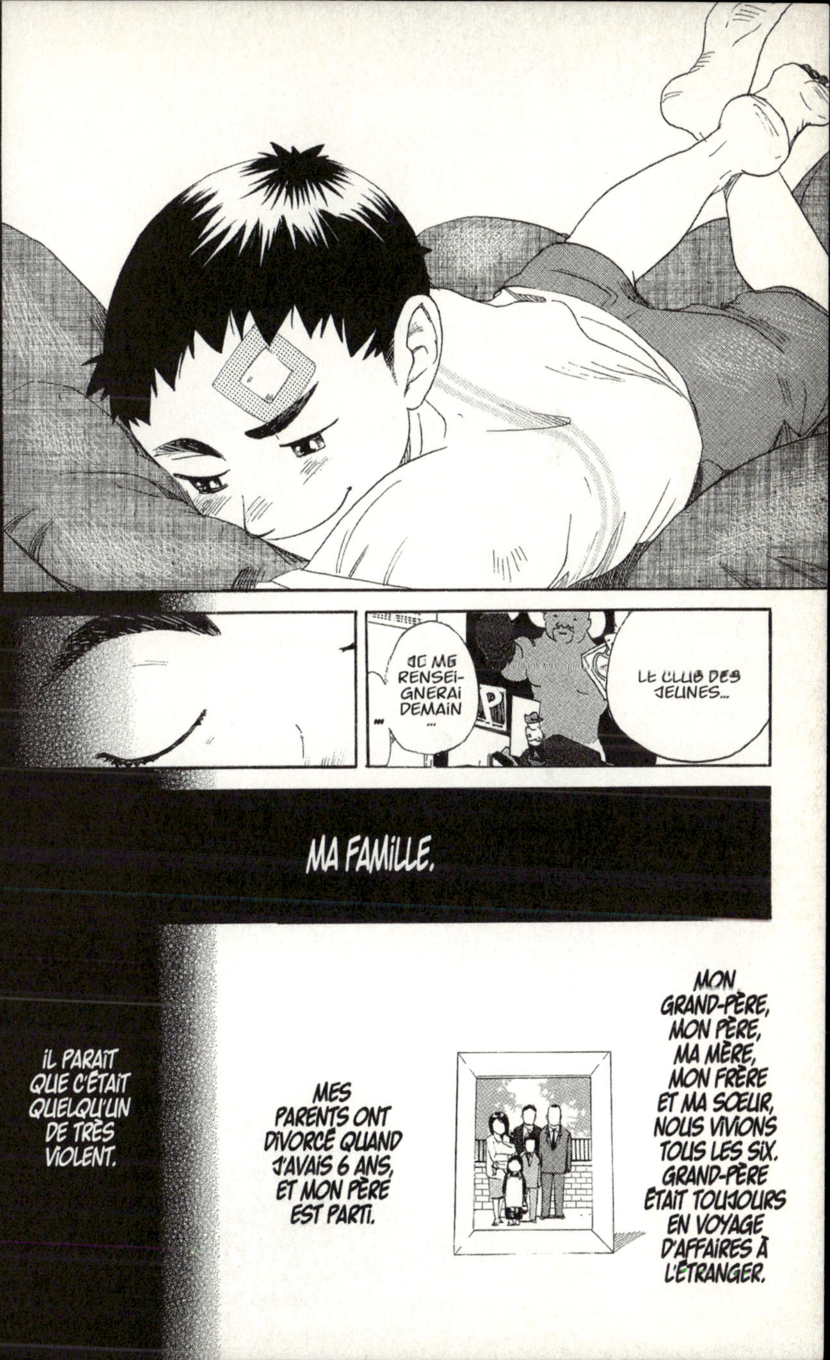
LE CLUB DES JEUNES...
JE ME RENSEIGNERAI DEMAIN...
MA FAMILLE.
MON GRAND-PÈRE, MON PÈRE, MA MÈRE, MON FRÈRE ET MA SOEUR, NOUS VIVIONS TOUS LES SIX. GRAND-PÈRE ÉTAIT TOUJOURS EN VOYAGE D'AFFAIRES À L'ÉTRANGER.
MES PARENTS ONT DIVORCÉ QUAND J'AVAIS 6 ANS, ET MON PÈRE EST PARTI.
IL PARAÎT QUE C'ÉTAIT QUELQU'UN DE TRÈS VIOLENT.

OUIN
OUIN
UME LE PLEURNICHARD !!!
TU REVIENS ENCORE EN PLEURANT DE L'ÉCOLE !
TAP TAP TAP
OUAF OUAF OUAF
SI TU ES UN HOMME, TU DOIS RENDRE CE QU'ON TE DONNE !!
GRRR
DIS-MOI QUI T'A FAIT ÇA !
MACHIKO !!
LAISSE !
UME SAIT TRÈS BIEN CE QU'EST LA DOULEUR DES GENS. N'EST-CE PAS ?
MÊME SI ON TE FAIT DU MAL, TU NE DOIS PAS LE RENDRE !
C'EST COMPRIS ?
PARCE QUE CELA NE REND PERSONNE HEUREUX.
SNIF
SNIF
BIEN ! ALLEZ, ARRÊTE DE PLEURER.
OUI ! ARRÊTE, PLEURNICHARD !
SHUUT
ALLEZ, SOURIS, UME !

TU SORS, SHIGERU ?
MAMAN...
SHIGERU EST À UN ÂGE DIFFICILE, HEIN ?
Hi ! Hi ! OUI, C'EST VRAI...
HUM
DANS UNE FAMILLE, UN PÈRE EST NÉCES-SAIRE, HEIN ?
POURQUOI ? TU ES TRISTE, MACHIKO ?
!!
PAS DU TOUT !
UME ! DÉPÊCHE-TOI DE GRANDIR !

HUM...
IL EST EN PLEINE CROISSANCE...
HIER SOIR, MON TÉLÉPHONE A SONNÉ, ET JE N'AI PAS PU DÉCROCHER...
...
IL N'A PAS SONNÉ À NOUVEAU DEPUIS...
MAMAN...
HUM...
ÇA VA ALLER !
N'EST-CE PAS, MAMAN ?

OUI, ÇA VA ALLER.
À SA MANIÈRE...
... IL EST GENTIL.
SHIGERU... QU'EST-CE QUE TU FAIS ?!
ARRÊTE !!
ARRÊTE !!!
ENSUITE, C'EST MON GRAND FRÈRE QUI A COMMENCE À ÊTRE VIOLENT.

AU DÉBUT, IL S'EN PRENAIT AUX OBJETS. PUIS, IL A CONTINUÉ SUR LA FAMILLE.
IL PARAIT QUE C'ÉTAIT PAREIL POUR MON PÈRE.
VLAM
AAAAAH!!
!!
GLOUPS
BAM

SHAT
VLAM
À L'AIDE...
IL FAUT AIDER MAMAN...
CRIII CRIII
JE VOUS EN PRIE...
AH...
SNIF_
KYA!!
!!
SHAT
GATAGATAGATA
GATAGATAGATA
GATAGATAGATA
GATAGATAGATA
MAMAN...
GATAGATAGATA
MAMAN...

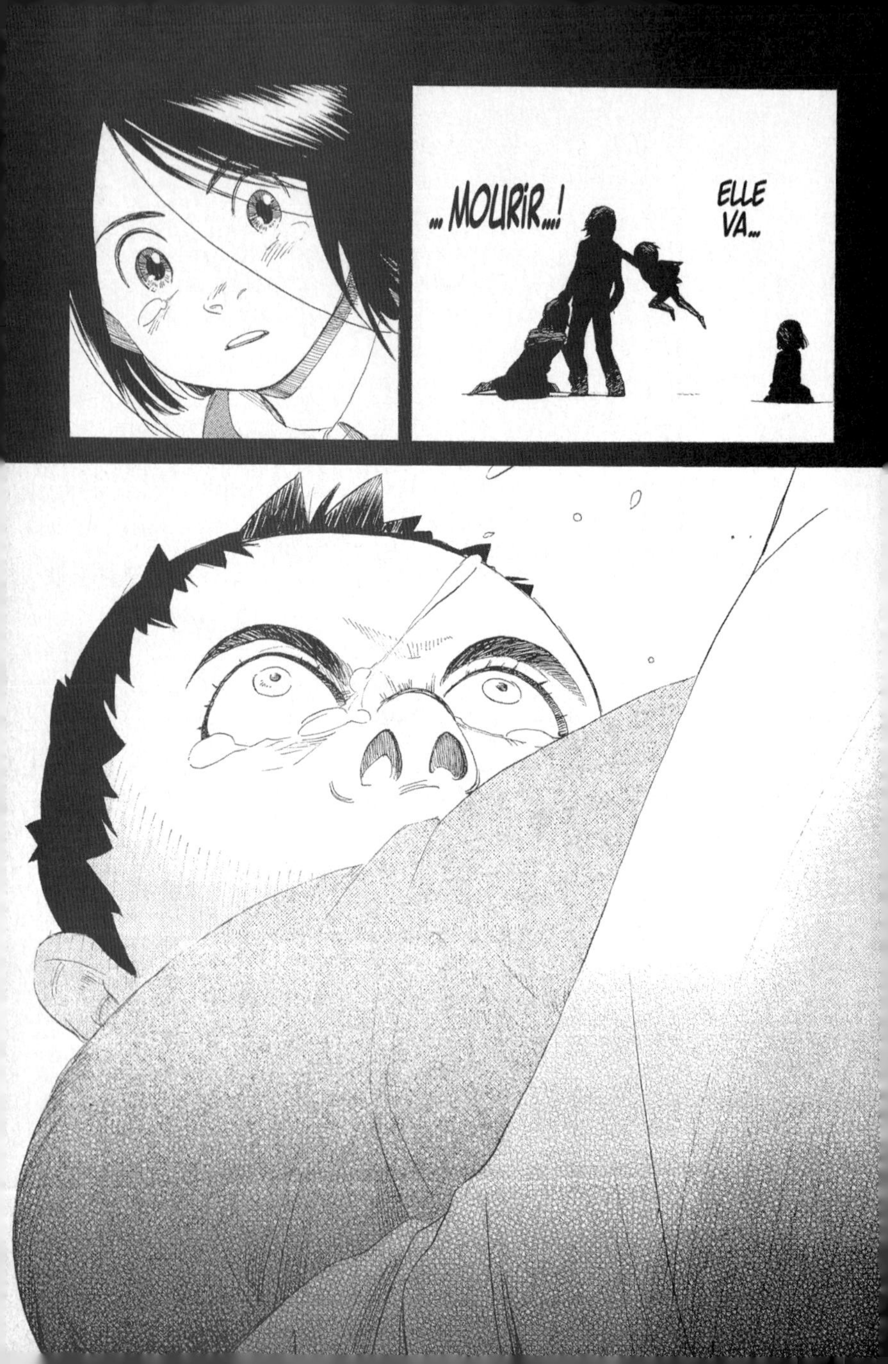
ELLE VA...
...MOURIR...!

ARRÊTE!!
ÇA A DURE COMME ÇA UN AN.
VLAM

ARRÊTEZ...
ÇA SUFFIT... ARRÊTE...
UME...!
ARRÊTE...
APRÈS DEUX ANS ET DEMI, ÇA CONTINUAIT ENCORE.
PUIS, UN JOUR...
MAMAN ?

MAMAN !!

UME...
AVANT DE TE FAIRE TUER...
... TUE !
TADAN
ガシャーン
!!
TIC
TAC
コチコチ
JE ME SUIS ENDORMI...
NEUF HEURES...
...

SNIF...
BUH...
HUU...
...
SNIF...
...
...
...
...
...
PFF...
...
...
ÇA SENT BON...
C'EST L'ODEUR DU DÎNER...

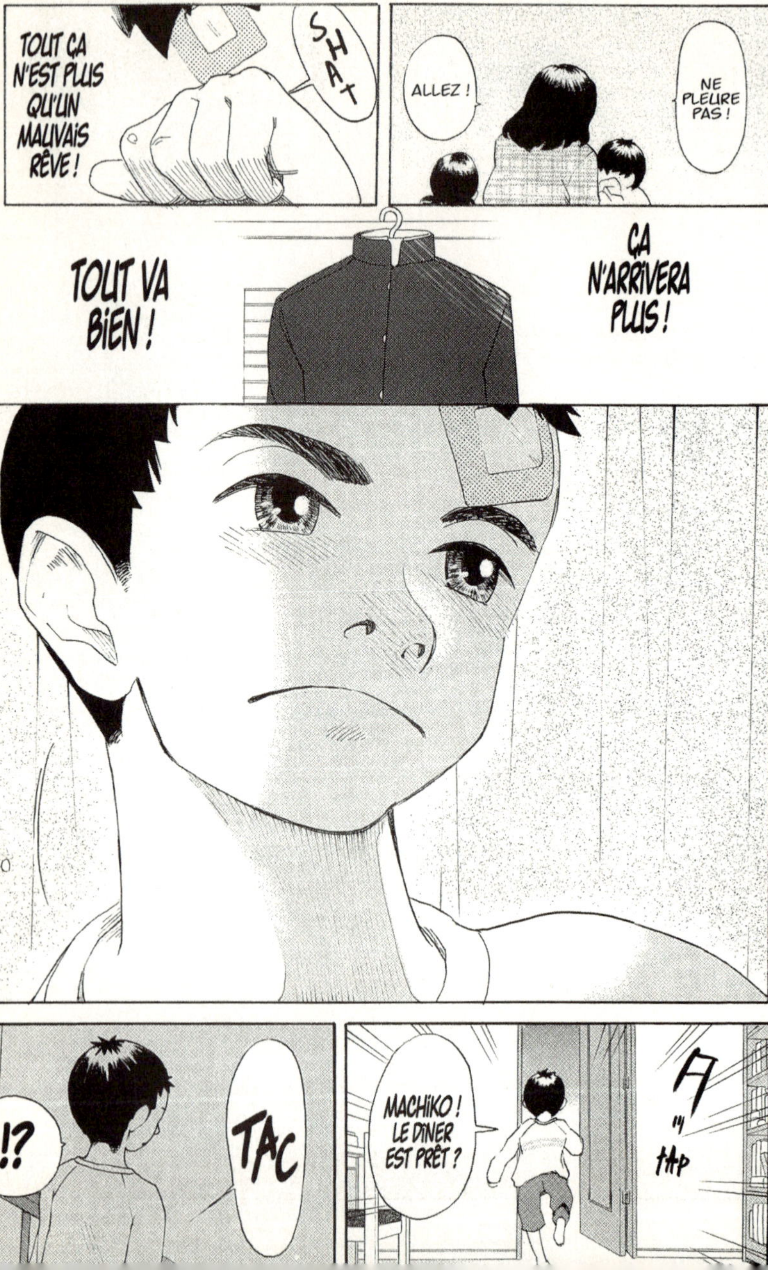
NE PLEURE PAS !
ALLEZ !
SHAT
TOUT ÇA N'EST PLUS QU'UN MAUVAIS RÊVE !
ÇA N'ARRIVERA PLUS !
TOUT VA BIEN !
TAP
MACHIKO ! LE DINER EST PRÊT ?
TAC
!?

SALUT.

CHAPITRE 6 – L'AVENIR D'UME

EViL HEART

IL VA TUER MAMAN...!
DOM
PAF
DOM
DOM
SALUT.
DOM
DOM
IL EST À UN ÂGE DIFFICILE.

SAT

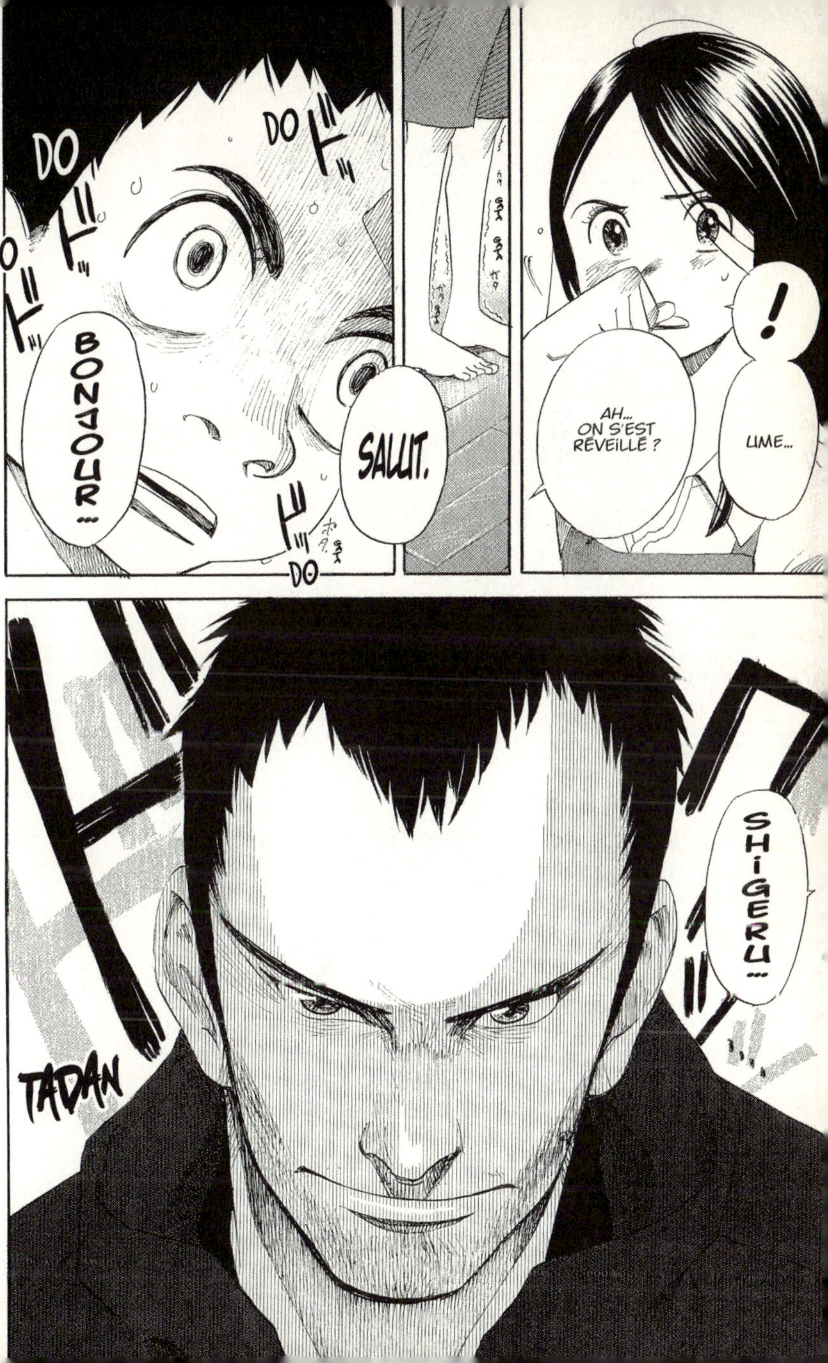
!
UME...
AH... ON S'EST RÉVEILLÉ ?
SALUT.
DO
DO
DO
BONJOUR...
DO
SHIGERU...
TADAN

...
ON DIRAIT QUE MACHIKO N'A PAS ENCORE BIEN L'HABITUDE DE LA CUISINE : ELLE A TOUT FAIT TOMBER...
N'EST-CE PAS ?
BLANG
!
OUI...
JE VAIS RAMASSER ÇA...
AH...
SAT
MXSM
!!
AH !

DAM
UME !
SHAT
NON ! ARRÊTE !!

C'EST SON IMPULSIVITÉ QUI M'A INTRIGUÉ.
AH...
MERCI !
EN TOUT CAS...
... J'ESPÈRE QU'IL REVIENDRA VOIR...
... L'AÏKIDO.
MAIS IL N'Y A PAS QUE LUI...
CHAQUE ÉLÈVE CONNAIT UNE SITUATION FAMILIALE PARTICULIÈRE.

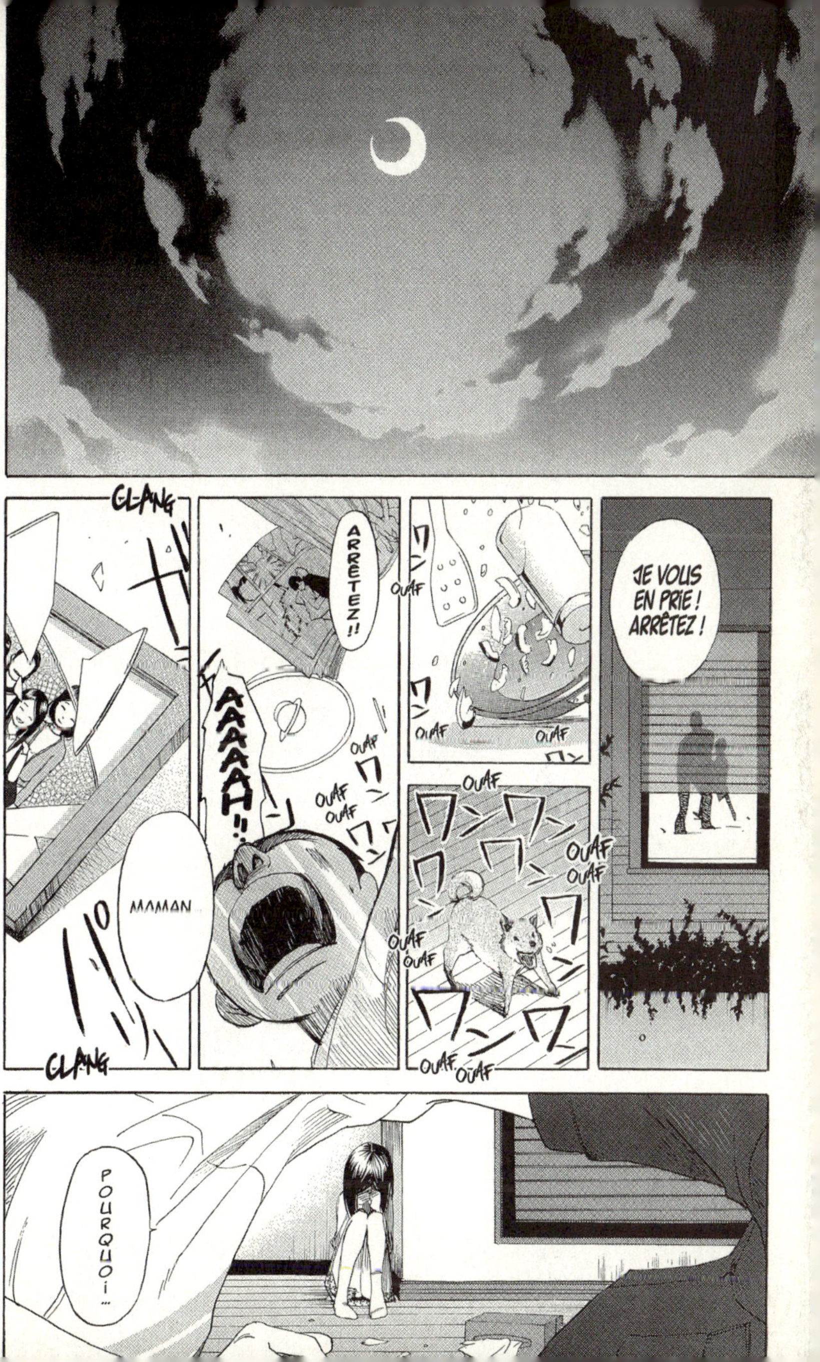
JE VOUS EN PRIE ! ARRÊTEZ !
OUAF
OUAF
OUAF
OUAF
OUAF
OUAF
OUAF
OUAF
OUAF
OUAF
ARRETEZ !!
AAAAAH !!
OUAF
OUAF
OUAF
CLANG
MAMAN...
CLANG
POURQUOI...

ドン
VLAM

FIUUU
DOM
VLAM
!!
KOF
...

FLOC
MERDE...
Y EN A MARRE DE TOUJOURS PERDRE...
UME !
JE SUIS FAIBLE.
POURQUOI EST-CE QUE C'EST TOI QUI REVIENS ET PAS MAMAN ?!
TOUT ÇA... C'EST À CAUSE DE TOI...
MERDE...!!
SI SEULEMENT J'ÉTAIS PLUS GRAND...
PLUS FORT...
PLUS...
SI TU VEUX DEVENIR PLUS FORT...
POUR DEVENIR PLUS FORT, IL NE FAUT PAS SE BATTRE, UME.
POUR ÊTRE INVINCIBLE, IL NE FAUT PAS SE BATTRE...

QU'EST-CE QUE ÇA VEUT DIRE...?!
ON A TOUS...
... CE MÊME VISAGE.
PAPA, MOI...
... ET TOI, UME.
EXACTEMENT LE MÊME.
N'EST-CE PAS, MACHIKO ?
C'EST SI BON.
L'INSTANT PRÉCIS...
... OÙ TA PROPRE DOULEUR, COMME CELLES DES AUTRES, DISPARAIT COMPLÈTEMENT...!

...
QU'EST-CE QU'IL RACONTE...?
ÇA...
ZAT
HUUU...!
!!
MACHIKO...
SAT
SMXSM
... C'EST TON AVENIR.

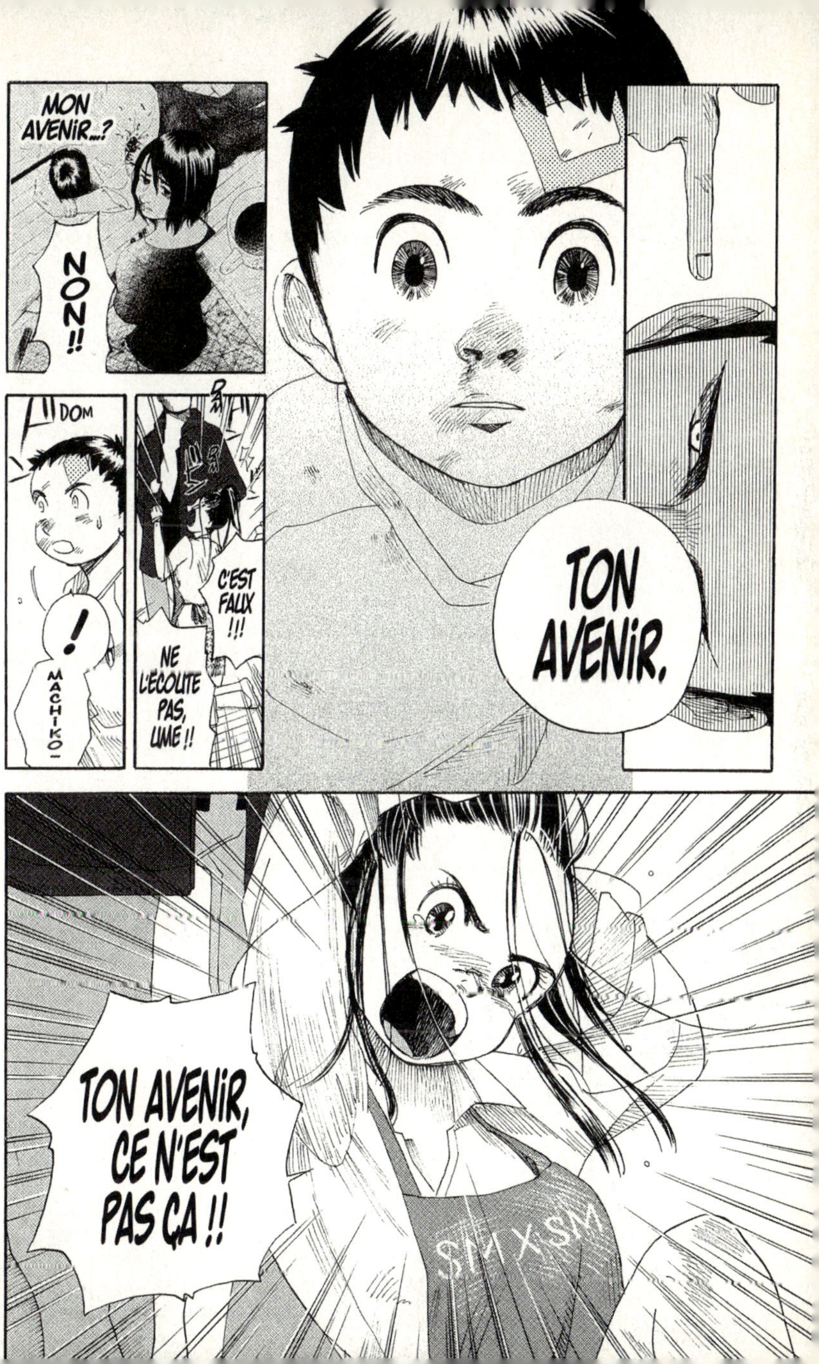
TON AVENIR.
MON AVENIR...?
NON !!
C'EST FAUX !!!
NE L'ECOUTE PAS, UME !!
DOM
!
MACHIKO-
TON AVENIR, CE N'EST PAS ÇA !!

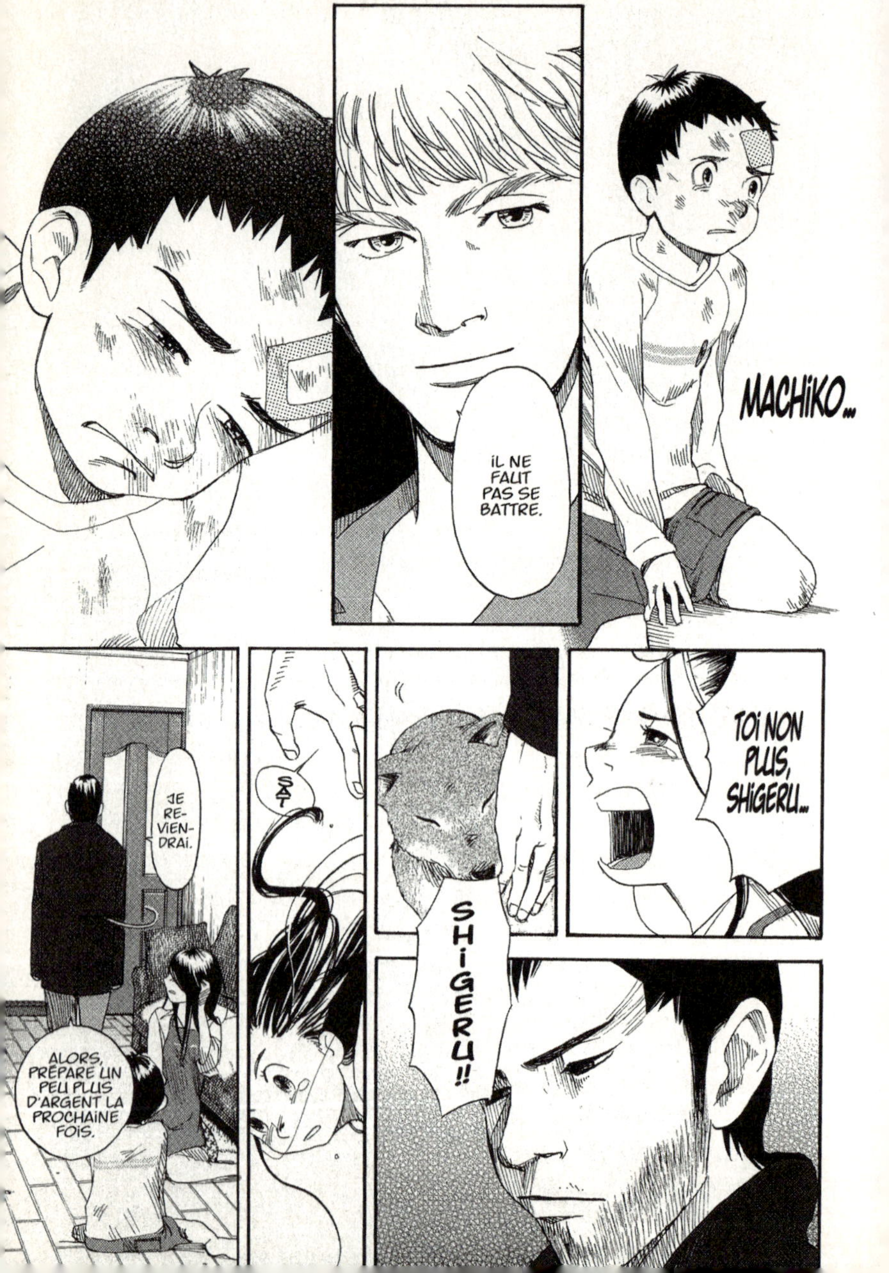
MACHIKO...
IL NE FAUT PAS SE BATTRE.
TOI NON PLUS, SHIGERU...
SHIGERU!!
SAT
JE RE-VIEN-DRAI.
ALORS, PRÉPARE UN PEU PLUS D'ARGENT LA PROCHAINE FOIS.

J'ATTENDS AVEC IMPATIENCE...
... LA SORTIE DE MAMAN.
CETTE FOIS, JE LA TUERAI AVANT QU'ELLE NE POIGNARDE MON PETIT FRÈRE !

HUUUUUN...
HUUUUUN...
HUUUUUN...
...
JAMAIS...
NON...
ZAT
JAMAIS !!!
JAMAIS JE NE TE LAISSERAI FAIRE ÇA !!

EVIL HEART 1 – FIN Le Tome 2 paraîtra en décembre 2006

EViL HEART

PROCHAINEMENT

UME VEUT DEVENIR DE PLUS EN PLUS FORT POUR PROTÉGER SA FAMILLE DE SHIGERU, SON GRAND FRÈRE. IL RENCONTRE PAR HASARD ABE, UN AMI VOYOU DE SHIGERU. L'AÏKIDO, DANIEL, MACHIKO... VA-T-IL LAISSER CEUX QUI VEULENT LE PROTÉGER ET PRENDRE LA VOIE DE LA VIOLENCE ?

VOLUME 2
SORTIE EN DÉCEMBRE 2006

EVIL HEART by Tomo Taketomi

First published in Japan in 2005 by SHUEISHA Inc., Tokyo
French language translation rights in France arranged by Shueisha Inc. through Bureau Kida sarl.
Première édition Japon 2005

7, avenue P-H Spaak - 1060 Bruxelles

Dépôt légal d/2006/0086/341
ISBN 2-50500-011-5

Conception graphique : Joachim Roussel
Traduit et adapté en français par Thibaud Desbief
Adaptation graphique : Eric Montésinos

Imprimé en Italie par G. Canale & C. S.p.A. - Borgaro T.se (Torino)